作品 于文胜

主编 孙敏

新浪微博·新疆于文胜 V·微博作品选

今天的魅力

战军题

新疆美术摄影出版社

新疆电子音像出版社

图书在版编目(CIP)数据

今天的魅力 / 于文胜著. -- 乌鲁木齐 : 新疆美术
摄影出版社 : 新疆电子音像出版社, 2012.12
ISBN 978-7-5469-3389-4

Ⅰ.①今… Ⅱ.①于… Ⅲ.①中国文学 – 当代文学 –
作品综合集 Ⅳ.①I217.2

中国版本图书馆 CIP 数据核字(2013)第 002183 号

今天的魅力

于文胜微博作品选

主　　编	孙　敏	
责任编辑	孙　敏	
美术编辑	李瑞芳	
封面设计	党　红　李瑞芳	
插　　图	陈志峰	
出　　版	新疆美术摄影出版社	
	新疆电子音像出版社	
地　　址	乌鲁木齐市经济技术开发区科技园路7号	
邮　　编	830011	
发　　行	新华书店	
印　　刷	北京新华印刷有限公司	
开　　本	700 mm × 1000 mm　1/32	
印　　张	10.75	
字　　数	100 千字	
版　　次	2013 年 1 月第 1 版	
印　　次	2013 年 1 月第 1 次印刷	
书　　号	ISBN 978-7-5469-3389-4	
定　　价	39.90 元	

本社出版物均在淘宝网书店：新疆旅游书店(http://xjdzyx.taobao.com)
有售，欢迎广大读者通过网上书店购买。

写在前面的话

我常看微博。几个网友给我推荐，说新浪微博里"新疆于文胜"的微博很独特，很有意思。我开始关注，并被吸引住了，成为忠实的"粉丝"。

于文胜的微博百分之九十都是原创作品，在他发表的 1000 多篇作品中，有精短的散文、故事、诗歌、随笔和杂记类作品，也有用长微博工具发表的长散文作品；尤其是用微博连载的小说《1985·淘金纪事》吸引了不少"粉丝"。于文胜微博里的作品语言清新隽秀，内容思想性、哲理性、生活性、趣味性、故事性、资料性兼备，这正是他微博的独特之处。

微博作品是网络文学的一种，因其精美而深受读者欢迎，尤其是在生活节奏很快的今天，微博作品不失为一道阅读快餐。

征得作者同意，我将于文胜微博作品中精短的部分编辑成《今天的魅力》，将散文部分编辑成《风情画语》，这两本来自微博的小书，就像午后的咖啡，个中滋味尽在品酌。

孙 敏

2012.12.26

目录

辑一

花言草语

远方的家

这是真实的乌鲁木齐,一个坐落在天山脚下的城市。终年白雪的博格达峰,是这座城市的银色皇冠。这是从草原走来的城市,到处还弥漫花草的芳香;这是一座遥远的城市,她的心脏却和世界一脉跳动。如果你问我家住哪里,看,这遥远的城就是我的家,奶茶的浓香正飘在蔚蓝的天空……

心灵的田园

一定要春天发芽,夏天生长,秋天结果吗?如果心灵的田园也分四季,一生能有多少结果的机会?——每个人都有心灵的田园,心灵的田园里不该有季节,它可以是永远的春天,随时把心花怒放,也可以转瞬到秋天,把鲜红的果实挂满心枝。呵护生活,呵护自己,呵护你心灵的田园!

打开窗户吧

打开窗户吧,让阳光照进屋里,让风儿吹进屋里,让花香飘进屋里,让外面的欢声笑语传进屋里……那扇玻璃虽挡不住风景,却还是把自己关进了屋内。既然已开启了窗扉,那就再打开窗户吧,当你的笑靥露出这窗口,这城市又添了一道亮丽的风景!

到太阳下面来

其实,每个人的内心世界里都有梅雨季节,淅淅沥沥的小雨淋湿了情绪。不要紧,就权当给情绪洗个淋浴,待太阳一出来,赶紧拧干淋湿的情绪,让太阳晒个透,你会一身的清爽。千万不要把淋湿的情绪揣在怀里,发霉的情绪就会变味,心灵的世界也会变态。今天天气正好,到太阳下面来,把好心情带回家!

思念

离得越远,时间越长,那份系在心头的思念越重——故乡,总是让人魂牵梦绕。多少童年的记忆,模糊了又清楚了;多少儿时的牵挂,忘却了又想起了;多少个梦跑丢了又回来了……那条叫额尔齐斯的大河,那个叫乌伦古的大湖,那片叫阿克塔拉的草原,那座叫阿尔泰的大山……听,远方传来那熟悉的鹿鸣……

太想听到那鸟儿的鸣唱了

太想听到那鸟儿的鸣唱了。打开那扇在乡下小屋的窗户,看着那一对顽皮的山雀在树枝间嬉戏,听它们尖细圆润的鸣唱。拂面而来的清风,用泥土调和花草的清香,把我的全身浸透。太想听到那鸟儿的鸣唱了,哪怕是这只关在笼里的机器鸟儿,歌声也是那么清脆响亮,虽没有泥土和花草的芳香,却能让我入梦回乡!

种子发芽

种籽发芽了,长成长长的蔓藤。蔓藤开花了,结出可爱的葫芦。每个葫芦里都装着许多种籽,每粒种籽都有我一份寄托。我把祝福刻上葫芦,我用红绳系着葫芦, 我把葫芦挂在门上——发给远方的你,发给邻里的你。你打开家门迎葫芦,你打开柜门进葫芦, 你入梦乡摘葫芦……你问我为什么送葫芦?我的祝福是"福禄"!

有一种花,生在沙漠里

有一种花,生在沙漠里,长在沙漠里,开在沙漠里。它的血肉是沙,它的筋骨是沙,它的牵挂是沙,它的祝福是沙……它是岁月给沙漠的礼物,它是沙漠给太阳的微笑!别说沙漠无情,别笑沙漠坦露,别叹沙漠死寂,看,这朵沙漠玫瑰,是大自然最美的绽放,是天地间最美的画语!来吧,朋友,塔克拉玛干之花欢迎你。

向着太阳仰起笑脸

在一望无际黑色的将军戈壁上,竟然生长着两棵葵花。也许是偶尔的路人偶尔丢下的两颗种子,也许是偶尔飞过的鸟雀偶尔排泄的两颗未消化的种子。总之,有两颗葵花的种子,在空旷干旱贫瘠的戈壁上扎下根生长起来了。这葵花瘦小得像不起眼的野花,它也许等不到种子成熟的那天,可它一样向着太阳仰起笑脸。

吃盘苦瓜吧

久违了,清炒苦瓜。小时候,父亲经常带我去挖一种叫苦苦菜的野菜,洗净用开水一过,洒上盐凉拌着吃,那个苦呀,苦得全身哆嗦。父亲说,这苦能清热解毒败火呢。慢慢地我喜欢了这苦味。城里没有苦苦菜,我经常买苦瓜来清炒,细嚼慢咽,细细品味,虽苦却满口生津,虽苦却余香绕舌。春日心燥,吃盘苦瓜吧。

有的人

　　有的人，总是把自己捂得太紧，把心室的门上了一把又一把锁，时间久了，心就发霉了，身体也长毛了，看世界的眼神就变了——他的眼睛深不见底，他的微笑谜一样深奥，他的话里藏着话，他的耳朵会录音……他怨对自己的不公太多，他怨对自己的帮助不够……慢慢地他背的怨气太多了，心室就变霉了……

再远的路，家是尽头

　　走得越远，回家的路就越长，那份牵挂，沉在心底越重。走出去的路，永远也看不到尽头，走得越远，路就越远。回家的路，在心的那头，再远的路，家是尽头。回家的路上，有泥土的清香，回家的心情，有奶茶的芬芳。骑马走出大山，乘车驶向城市，坐船航行于大海，一生不能忘记的，是回家的路！

我的宝宝刚睡着

止步,止步,这里是我的家!山是我的山,天是我的天,草原是我的家。你可以来拍照,但不要弄脏了我的家园;你可以来踏春,但不要采走路边的花。嘘,小声些,小声些,我的宝宝刚睡着……

母亲

最平凡的人是母亲,最亲爱的人是母亲,最柔弱的人是母亲,最坚强的人是母亲,最操心的人是母亲,最牵挂的人是母亲,最博大的人是母亲。世界哪里来的?是母亲孕育了整个世界!

我还是个小宝宝哩

这是被筏倒的树留下的印迹,它似乎在告诉我们:"我还是一个小宝宝哩!"当我们儿子的儿子的儿子告诉他儿子说:"树叶春天翠绿秋天金黄"时,他的儿子说:"爸爸你骗人!"如果连绿色都不能留下,我们还能留下什么?如果连宝宝都不珍爱,生命还能延续多久? 如果……

就不怕我吃了你

小鸭子正在湖里玩耍,一条大鱼游到它跟前,在它身边游来游去,故意给小鸭子捣乱。小鸭子生气了,对大鱼说:你再捣乱,就不怕我吃了你?! 大鱼摆摆尾巴哈哈大笑:你个小鸭子,量你也吃不了我,等你能吃我的时候,你就找不到我了!

麻雀真的生气了

看着鸭子在水里游来游去嬉水玩耍,麻雀嫉妒得要死:凭什么只能让鸭子在水里玩?!麻雀真的生气了,一下跳进了水里……

猴生气地大嚷

猴生气地大嚷:都说我是灵长类动物,都说我聪明,我也会用两条腿走路,可为什么老是听说人耍猴,就没有猴耍人呢?这是个什么世道啊……人笑道:你老是向我们讨吃的,我们从没有向你讨吃的呀!猴又大嚷:可你们从我们的森林里讨吃的还少吗……

谁说没有猴耍人

孙悟空听到猴不平的叫嚷声,骑着天马从天宫下来,大吼道:谁说没有猴耍人,想当年你孙爷爷连唐僧都耍着玩了,你们没读过《西游记》呀!猴没文化还能谅解,怎么你们人也没文化了?

而我只需高兴了给人摇摇屁股

熊听到孙悟空说"猴耍人"乐了,扭了扭肥胖的身体,说道:我看你们都是吃饱了撑的,管他谁耍谁呢,你们看我虽然关在笼里,人却每天都要来给我送吃送喝,让我逍遥自在,而我只需高兴了给人摇摇屁股。悟空大悟,叹道:想当年俺老孙陪护唐僧西天取经,咋就没把熊老弟带上呢,偏带了个没脑子的猪八戒……

老子教训儿子

老子教训儿子说:看吧,给你说别跟我说谎话,长长鼻子了吧! 儿子非常委屈:你跟妈妈说了那么多谎话没长长鼻子,可我只给你说了一句就……老子乐了,说:儿子,你要能有把假的说成真的、把死的说成活的、把错的说成对的水平,就会像老爸一样不长长鼻子了!

烟的委曲

烟的委曲:原本也是白白净净的身子,被人在谈笑间吞云吐雾地糟蹋了,结果呢,还留给人一个话把儿。

没有一条大路总是平坦笔直

没有一条大路总是平坦笔直,也没有一条小道总是蜿蜒曲折。人生的路要走大道,虽然有曲折但车多人多有人帮忙掉不了队。事业的路要走小道,虽然平坦的路少但艰辛中领略风光无限走出一条自己的路。最怕人生的路事业的路都要独僻稀径又不愿付出,即便是铺设了木板的路,又能走多远呢?

落花是一道更美的风景

再美丽的花,也有它的季节,不可能永远绽放。关键是,无论美与不美,无论人喜欢与不喜欢,该绽放的时候绽放了,该凋落的时候凋落了,又心甘情愿地化作春泥孕育来年要开的花,所以,何怕凋零,落花是一道更美的风景!

与子弹握手

化剑为犁,让生命的毁灭者为生命服务。用子弹做成工艺品,更是对漠视生命的嘲笑。自古以来,一切的战争都是以毁灭生命为目的,最尖端的发明也是从服务战争开始,弱肉强食从来就是人类的本性。这就是为什么人心莫测、人心不古、人心狡诈、心胸狭隘的原因,也是为什么要追求真、善、美的原因。与子弹握手。

做一条小鱼儿

请把我 / 变回那条小鱼吧 / 放归大海 / 海洋 / 是那么蔚蓝 / 正是蓝色梦里的 / 蓝色家园 / 尽管 / 珊瑚礁里饥饿的鲨鱼 / 在游弋 / 只要 / 清澈的水 / 还那么温柔 / 珊瑚虫儿张开笑脸 / 就把我变回那条鱼儿吧 / 哪怕 / 是条不美的鱼 / 蓝色的梦里 / 有我蓝色的田园 / 种植着 / 蓝色的梦和蓝色的爱 / 做一条小鱼儿……

和你一起生长

我没有／一次买了 999 朵玫瑰／献给你／却在／999 天一轮回／把 999 个祝福／每天一个祈愿你／大海／蓝色梦里的／红色爱恋／红色浪漫里的／蓝色畅想……我把 999 个祝福／化作 999 滴水珠／融进你的身体里／大海／和你一起生长

不用这么小心地躲我

不用这么小心地躲我／小虾儿／和你／和小鱼儿／和这美丽的珊瑚／咱们都是／大海的孩子／是的／你流泪了／海面大船上／刚扔下一筐／你兄弟的皮／大网／就快刮到这里／小虾儿／小鱼儿／和你这美丽的珊瑚……

世上最美的眼睛

世上最美的是婴儿的眼睛，像水一样清澈，像花一样艳丽，像乳汁一样纯洁。眼睛是心灵的窗口，因为婴儿的心灵像白纸一样纯粹，所以人生最美丽的时光是婴儿期。有的人眼睛都割到三眼皮了，比比看，有这婴儿的眼睛美吗？

让这只眼睛为你翻译

人长大了，眼睛就变成会说话的眼睛了，喜怒哀乐全在眼睛里。人到中年，眼睛就变成会思考的眼睛了，多愁善感的纹络便爬上了眼角。再往后，眼睛就变成海，变成天，变成沙漠，看不清，看不透，最后连自己也读不懂了。把最快乐的眼睛留下，到了连自己的眼睛也读不懂的时候，让这只眼睛为你翻译。

在梦一样的蓝色大海里

它们歌唱,歌唱大海的博爱,歌唱波涛的勇敢,歌唱团结的力量! 它们是不知疲倦的鱼儿,把生命发挥到极致。它们的生命虽然处处危险,却不停向前永远义无返顾。 一条小小的鱼儿,又一条小小的鱼儿,在梦一样的蓝色大海里,勇敢而快乐地畅游……

梦中的家园

那是梦中的家园,刚刚雨过天晴。浪花推着水车,吱呀吱呀地唱歌。潮湿的风,轻拍心的窗棂,去和风儿一起,晾晒淋湿的情绪,那是梦中的家园,已经雨过天晴。枝儿摇着小鸟,叽叽喳喳地唱歌。叶儿上,滚落最后一滴水珠,把心田里的种子催生……

幸福总比苦难长

再高大的窗子，也挡不住窗外的风景，更关不住窗内的渴望。我们总是自己给自己的心灵加一个窗子，认为那样就能关住心中的一些渴望。可最终，当让疼苦折磨得死去活来时，还是要打开心灵之窗放飞希望。所以，与其终要放飞，何必再为心灵加那道窗呢？朋友们，打开心扉吧，快乐总比痛苦多，幸福总比苦难长！

牵着手，一起走

平淡的日子，有油盐酱醋；风一样的来，雨一样的过；波涛击不碎礁石，江河里正好行舟。牵着手，一起走，再远的路，莫回头……平凡的人生，有喜怒哀乐；花一样的开，果一样的落；伟大始于平凡，生活本就琐事多。牵着手，一起走，再长的日子，不回首……

茶花开了

茶花开了，茶花开了——让欢乐的小鸟告诉你，让俏皮的云儿告诉你，茶花开了，茶花开了——看，风先生吹着哨儿来了，看，雨太太抖着水珠来了——满山的茶树满山的花，满山的花儿笑红了脸颊……

十里茶树十里花

十里茶树十里花，南昌前海涌波浪；黄雀醉卧无应答，一叶轻舟摇橹忙。

腾王阁下有一池

　　腾王阁下有一池,也因王勃沾文气,莫说垂柳娇依依,你看鱼鸭共游戏。试想人间恩怨多,何盼天天皆欢喜,道是一路风尘过,人字无须分我你。

莫叹黛玉香自怜

　　莫叹黛玉香自怜,无风无雨花自落;春风只追花香来,流水落花也生果。

因为它心里充满希望

为什么花儿开得鲜艳？因为阳光正暖它心房。为什么花儿这样清香？因为它心里充满希望。

东边村庄西边田

东边村庄西边田，风雨桥架河两岸，少年走过稻花香，遗梦丢落桥两边。

雨后天山最醉人

雨后天山最醉人，枯木醒来要抽绿，戏笑柳雀认错门，花言草语听鹿鸣。

雨后

雨后,湖畔的草儿树儿被洗得青翠油绿,都憋足劲儿要节节拔高。一颗茶树已等不及地吐出满枝花蕾,似乎只要谁一声令下就红色白色竞相绽放。这时候,前湖的水也温静得如初生的婴儿,刚刚在母亲的阵痛中哇的一声向世界打了声招呼,又含着笑藏着羞甜甜地睡着了。一阵风过,空气中细细的水珠扑到脸上……

曲曲弯弯的木板路

湖畔一条曲曲弯弯的木板路,被雨水洗得像打了腊一般,油光发亮。压在木板下的小草,不服输地从缝隙间挤出尖尖的脑袋,似乎在探寻什么。两个打着桔黄色伞儿和桔红色伞儿的少女,沿着小路飘一样走来,飘一样又消失在闪着银光的水波里……

一池碧水漾春心

一池碧水漾春心,垂柳茶花早投情;岂是院墙能隔离,窗台楼阁好风景。

他人铺就的路

走他人铺就的路,尽管平顺,终究是别人设计好的,所以,沿途的风光早被人印在画页上了,再来欣赏风景的人,不过又是一道别人的风景而已。

虽然是棵小小的野草

虽然是棵小小的野草,也要在春天的阳光下绽放。虽然总是被人忽视,花儿开了就要结出种子。虽然种子小如细沙,生命的力量一样强劲!

九曲十八弯

雪山,把浓浓的情感,拧成一条长长的河,把长长的思念,托付给长长的流水,让奔腾跳跃的浪花,倾诉她心中的祝福。这份感情太重,大河一步一回头;这份感情太深,大河一弯一回眸。曲曲弯弯从草原上流过,把赞美吻给小草,把歌唱送给天鹅……

我的田园里没有泥土

我的田园里没有泥土，因为我没有一寸土地。我的田园里长满果实，血肉是它生长的沃土。我的果实没有清香，孕育的种子却饱满强劲。有一天，我收获果园，每一粒种子，都抽出新绿……

不是每一朵花儿都结出果实

不是每一朵花儿都结出果实，不是每一个果实都清香爽口，不是清香爽口的都有营养，不是所有的营养都健康人生。一种果实长在田园，它的期待是收获。一种果实画在纸上，它的期待是赞许。一种果实长在心田，它的期待是种子……

与大海为伴

潮水刚刚退去，把一个贝壳留在岸边。戈壁深处的布伦托海，孕育的生命是那样强劲，纵使有一个贝壳变成沙粒，它的生命之树，也永远与大海为伴。

珍珠

一颗棱角锋利的沙粒，钻进了贝柔嫩的身体里，刺伤了它。贝忍疼慢慢修补好自己的伤口，对体内这颗顽强的沙粒，耐心地一遍遍、一天天打磨，终于把这颗沙粒打磨成了一颗美丽的珍珠。默默无闻生活在海底的贝，不仅拥有大海的胸怀、大海的包容，更拥有大海的耐力和大海的顽强——贝是海的女儿。

谁说污泥里只有腐烂

谁说污泥里只有腐烂,你看荷叶撑起巨伞。虽然美丽已经绽放,但根还在污泥里汲取能量。谁说腐烂就是逝去,你看灿烂还在延续,变化只是生命的形式,依恋诉说最美的诗语!

四季

冬天:一张洁白的纸 / 春天:写满绿色的童话 / 夏天:我们争着阅读 / 秋天:看谁的贡献最大

小鸟儿叽叽喳喳

小鸟儿叽叽喳喳,把春天衔给树梢,树梢儿伸了伸腰,小树穿上新装。小溪儿哗哗啦啦,把春天吻给树梢,树梢儿挺了挺腰,小树噌噌长高。小溪在草丛中流淌,丛林正欢快地生长,小鸟在树梢上鸣唱,宝宝在梦里睡得正香。

你就是峰

再高的山,也有巅峰;再高的峰,也在云下。仰望,是一种高度;登顶,你就是峰。

以热烈的方式拥抱大地

以热烈的方式拥抱大地，击碎了五脏六腑，任心跳江河，任血流山川。热土之中，我听到了，大地怒放的声音！

躺下是一座山

一种雄壮可以触接，一种伟大可以亲吻，一种平凡可以升华，一种愚钝可以赞许……站着是一棵树，躺下是一座山。

玉女峰

走过风,走过雨,走过千年万年;一座山,一顶峰,在岁月里将自己雕刻成一个多情的少女,一个相思的倩影。谁说山无语,谁说峰冰硬,凭高远眺的"玉女",有一个心愿,寄托在远方;有一个心语,正向风诉说……

美是自身的含蓄

一种演讲,不需要听众;一种倾诉,不需要知己。自己是自己的听众,自己是自己的知己,如同大自然的画卷,美是自身的含蓄。

到处都是她的倩影

几滴墨汁,滴染出一群飘逸的少女。修长的身子,长裙随风舞动,脚步也像水一样匆匆。青春、活力、灿烂——跃然纸上的,是哪里来的少女?呵,天山南北,到处都是她的倩影。

你们都在我脚下

岩石说:我多么坚强啊——任凭风吹雨打,巍然屹立!大山说:我多么高大啊——拂云拨雾,俯视大地! 山顶上的人笑:是啊,你们都在我脚下。

金色的麦田

金色的麦田,是希望的海洋,浪尖上颠簸着的,是收割机在歌唱。穿过银波,破开金浪,汗水化成的颗颗珍珠在闪光。火红的拖拉机,像初升的太阳,带着光明,载着希望,把满车的欢乐,送到人们心上。于是,人们有了一个甜美的向往,美好的憧憬,不再是幻想,未来世界,任我们飞翔。

梯子

梯子——躺下来,绊我一个趔趄,立起来,助我向上攀登。

一个姑娘踏着波浪

穿着洁白的连衣裙,握着长长的笔,一个姑娘踏着波浪,去把大海的文字翻译。归来时,她译出了一本厚厚的诗集。

姑娘的步履

曲曲弯弯的一条小路,伸向戈壁深处的远方。一个非常美丽的姑娘,独自走在小路上。在那路的尽头,可能有她温馨的家。我想,姑娘可曾有孤独,可曾有彷徨?应该有串绿色,或者,有条小河,伴着这个扎着红丝巾的姑娘。她前面的路,还很长很长。在看不见尽头的路上,姑娘的步履坚定而匆忙。

穿越时空的文明

其实,数千年前的先人,就知道穿越时空的秘密,他们把时光压成一片儿,像穿越纸片儿一样,把文明还原给今天。逝去的,是时间上的数字,永恒的,是思想的刻影。正如这草原上的岩画,穿越时空的文明。

从一种高度去看它

从一种高度去看它,能看到你心血的涌动,能看到你思想的浓墨,能看到你情绪的丝线,能看到你胸怀的厚重。像鹰一样展翅吧,放飞思想,正如大自然的画笔,在万物上泼墨涂彩。你会看到,明亮的地方也有阴影,黑暗的地方也有光迹,你的眼睛,涂满色彩,已溢满泪花。

我是幸福

我是幸福，我是快乐，我是健康，我是愿望……我是祝福你一切都美好的天使，紧赶慢赶我找到了你，在这岁末年初之际来握你的手，亲吻你的脸颊，拥抱着你的生活！我要想着你，我要念着你，我要跟着你，我要贴着你，和你一起走进新年，把这世上一切美好的东西，统统帮你带进新年！

祝福

朋友，请你把一年的烦恼串起来，请你把一年来所有不如意的事情串起来，同时，请你把新年的所有心愿和所有祝福串起来，在除夕晚上点燃，你会看到，在噼里啪啦的鞭炮声中，你所有的烦恼和不如意都灰飞烟灭，你所有的心愿都叫着、唱着、吼着、跳着向你围来，那闪烁跳动的火花，是我对你最兴奋热烈的祝福！

有一种花儿

有一种花儿没香味,不长腿儿会走路。什么花?下雨了,花开了,一朵两朵……挤满了街。

总想

一次一次,总想挺着高高的胸脯,把自己变成一座大山。

一次一次,刚站起来就想对大海说自己伟大,不小心又跌成白白的碎片。

你做到了吗

有一句箴言："把别人抛向你的砖头,用来铺就你前进路上的台阶!"

这是怎样的人生境界啊!

不在乎成功与失败,无所谓喜怒哀乐。

神马都是浮云。你做到了吗?

得到了,失去了

此时,我正搭乘南航飞机从乌鲁木齐飞往北京。三千多公里的旅程,只须 3 个半小时就到了。如果乘火车,要 56 个小时。如果开车,要 4 天。飞机真快呀,时间和距离都在指间流过。可是,我们节省了时间,却错过了风景——三千多公里的旅程,该有多少美丽的风景呀!得到的和失去的,是不能相比计算的。

审视自己

审视自我是一件很不容易的事。能真正做到审视过自我的人是智者，能经常审视自我的人是圣人。走出身体看自己和穿着衣服看自己，认识和感觉是两个层面，这就是为什么有人成为思想家有人成为哲学家的原因。可叹审视别人的人多，审视自己的人少，这也是为什么社会浮躁的原因。冷静下来，审视一下自己。

死不起

朋友说：他家乡发现了王候墓地后人们发现这里是块风水宝地，于是地价拼命涨，连墓地也翻了几倍，老百姓发现越来越死不起了。一些老者就找到墓地经营管理者说：求你们趁我们现在还买得起墓地赶紧把我们弄死，你们还得答应保证在我们躺进墓地后不要再涨价，要涨价至少也等我们睡上几年后起来再补交嘛……

每个人都需要一支点燃的蜡烛

经常琢磨就是思考,经常反思和总结就会有思想。思考使人聪明,做人做事都高人一筹。思想是一支点燃的蜡烛,为你在黑暗里照明和引路。太多的人,在黑暗里找不到光明,在光明里眼前一片黑暗,所以就抱怨,所以就愤青,所以就极端。无论白天黑夜,每个人都需要一支点燃的蜡烛,照亮生活照亮人生照亮前行的路。

悼念文友江南女士

一个人的江南,是江南。塞外的江南,四季下雨,落下黑黑的蝌蚪,变成青蛙,变回王子,把塞外浓烈的爱,刻上昆仑,植入草原。一个人的江南,是一道风景:嘶鸣的野马,踏着风弹草尖的旋律,和着牛羊粪味儿,和着奶茶味儿,和着妈妈的汗咸味儿,映画,映画……一个人的江南,是江南——昆仑有江南,天山有江南,阿尔泰山有江南……

人生的价值

这种境界是何等的超凡脱俗。人生的价值，不在于生命的长短，不在于平凡与伟大，更不在于收获与付出，而是：活好自己喜欢和快乐的每一天，干好自己高兴和乐意做的每件事！

其实

生活其实就是一杯白开水，加上糖是甜的，加上盐是咸的，泡上茶是香的，如果什么也不加入，那就是平淡和索然无味。

猎人与象

丛林里的一只雄壮的野象被几个猎人团团围住了。面对几只黑幽幽的枪口,象哀求猎人说:我的肉粗血腥一点也不好吃,求你们放了我吧!猎人说:我们对你的血肉不感兴趣,要的是你那两颗美丽的大牙!枪响了,象轰然倒地。在咽气那一刻,象明白了:最张扬的,有时是最致命的。

祝你今天快乐

在孩提的时候,总是渴望快快长大成为大人。当成为大人,又经常怀念小时候的天真与快乐。当有一天我们老了,对儿孙说:我年轻的时候……所以,珍惜和过好每一天,是我们的责任!新的一天开始了,祝你今天充实、快乐!

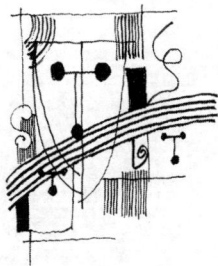

快乐活着你就伟大

法老本身并不伟大，是权力造就了法老的伟大。无论是伟大的法老还是贫贱的奴隶，无论是宏大的金字塔还是一捧黄土的墓地，最终，人、动物、植物……还有你我，都要回到生命的始点，梦开始的地方，那里是一切生命的归宿。看到它，你是否在想：真有那么多计较的东西吗？好好活着快乐活着你就伟大！

真的刮风了

咱也学学网络走红的先锋诗人乌青的《废话诗》：七点半／下班了／走在回家路上／刮风了／风吹我的脸了／脸痒痒的／我说刮风了／同伴说没刮风／我说就是刮风了／同伴指着树叶／说刮风树叶要动啊／我说我走着／风都刮到脸上了／脸上痒痒的／真的刮风了啊

哈哈"先锋"气死诗人了吧。

堵死了

《废话诗》：九点了／上班去了／路上车太多了／堵死了／堵死了／车走不动了／又走动了／又走不动了／又走动了／他妈的／有车夹塞了／他妈的／又有车夹塞了／他妈的／又走不动了／堵死了／堵死了／路堵死了／城堵死了／老子心情／也堵死了／九点多了／路堵死了／城堵死了／老子心情／也堵死了

不和你玩了

《废话诗》：我生气了／真的生气了／真正的生气了／气得我心痛了／气得我肝痛了／为什么打牌你要赢我／为什么你穿得比我好／为什么领导只表扬了你／为什么只有你升了职／还有／为什么你不借给我／不就是一百万块钱／为什么／原来借的钱／年年要催我还钱／我真正生气了／不和你玩了……

下雨了

《废话诗》：我说：下雨了／朋友说：是么／我说：是下雨了／朋友说：是么／我说：你不觉得有雨吗／朋友说：是么／我说：现在没有雨了／朋友说：是没有雨了／我说：刚才你感觉到雨吗／朋友说：是感觉到雨了／我说：真的下雨了吗／朋友说：真的下雨了／可是，我们都在房子里／可是，为什么会有雨呢

这就是咱们的"废话诗"呀！

在绿的怀里

在绿的怀里／我和你／把一片叶儿／夹进书里／藏起了一个／小秘密／忽然／有一天／我惊讶地发现／叶儿／全黄了／于是／我慌慌张张／翻开那本／夹着叶儿的书／发现／那片叶儿／还是绿色／还是绿色

看云

小时候特别喜欢躺在草地上看云,想象着云上的世界是什么样呢?有一次想着想着,果然看见嫦娥抱着玉兔来了,还有很多美丽的仙女在看着我笑,我说我能抱抱玉兔吗?嫦娥就把玉兔让我抱着,玉兔也喜欢我,老用小嘴吻我的脸,我被弄得咯咯直笑,一下笑醒了,他娘的原来是一头老牛在舔我脸呢,还流了满脸哈喇子……

一句话

丫丫:你不是真心喜欢我。胖胖:可我是真心对你好啊!丫丫:那你为什么不说那句话?胖胖:人家不好意思嘛!丫丫:那别人怎么说得那么甜啊?胖胖:可我是用实际行动在向你表达真心呀!丫丫:那还是不真心嘛!胖胖暗自叹息:唉,现在女孩怎么这么固执呢!丫丫思忖:这小子一点也不浪漫,和不和他好呢?

蔚蓝的天空

周日去南山，又见到了蔚蓝的天空。朵朵洁白的云飘，清凉的微风佛面，带来花草的芳香……小时候在阿勒泰的乡下，我经常躺在草地上或房顶上看天上的云，一朵一朵棉絮一样又不断变形的云，曾给了儿时的我无限遐想……周日到南山去吧，走出喧嚣拥堵的城市，去看天上的云，找回儿时感觉……

柿子熟了

柿子熟了，柿树笑了。娃娃围在树下数柿子，数柿子，口水流了一大滩，数也数不清。柿树乐了，柿子黄了……

晚秋的荷塘

晚秋的荷塘,写满零乱,写满遗憾。零乱里却有生命的规律,遗憾中也有生活的收获。晚秋的荷塘,是一种守望,是一种憧憬。

秋叶

秋叶——黄灿灿的,数不清的金币,季节要兑现春天的诺言,郑重地向大地付款。

秋天的莲花湖

秋天的莲花湖,不见莲花见彩莲,一片二片三四片,片片游弋碧波上。一张张含笑的脸,粉嘟嘟,一条条长长的根须,是一首首游动的诗。

秋波

　　一群群河鸥,俏皮地掠过波浪,一会儿钻入水中。累了,就浮在水面,站立在木桩上,如一个个花季的少女,明眸含情,送来一弯弯秋波。

芦草儿黄了

　　芦草儿黄了,倒映在水中,这时候的湖面,正忙着冲印芦草儿的照片,看它修长的身姿,舞动在空中,扭动在水里。 莲花湖,是一个活的底版,冲印出活的照片。

秋天

秋天,是收获的季节,人们收获了粮食、果实和一切可以收获的东西,这个季节里的人是最富有的。可是,人们为什么却很少赞美秋天?因为冬天紧跟着秋天。春天,是复苏的季节,人们忙碌起来,耕田种地、外出打工、制定计划,这个季节最辛劳也付出最多。可是,却为什么有这么多的人赞美春天?因为他们期待秋天。

叶儿

冬天——叶儿从树上跳下,藏进泥土里。

春天——叶儿又从枝条上探出头来,一片翠绿。

俏皮的叶儿,就这样,与冬天和春天做着游戏。

春天悄悄地来

春天悄悄地来,春天俏皮地来,吹着哨儿,赶着趟儿,搂一把云儿,洒了北京一城的雨滴。听,窗外滴滴答答,春天正敲门……

春

春风舒展长袖,把天上的蓝、地上的黄,揽在一起,调呀调呀,泼出一片浓浓的绿。

春姑娘

阳光是把大提琴,满园花儿是歌星;春姑娘弹起金弦儿,花朵就咧着小嘴唱歌儿……

人民公园

鉴湖是乌鲁木齐市区最大最美历史最悠久的湖。鉴湖取名自"清澈可鉴",是像镜子一样的湖。湖中有亭名湖心亭,右有"微语草堂"陈列历代文人西域诗碑刻,南有朝阳阁及广场,是人们做操跳舞的好地方。这里有浓郁的文化气息,无论鉴湖荡舟还是草堂阅碑,都是这城市的一道风景。

金山宝地

阿尔泰山脉是祖国"雄鸡"上的漂亮尾羽。它位于中国新疆北部和蒙古国西部，西北部延伸至哈萨克斯坦和俄罗斯境内。阿尔泰山蒙古语意为"金山"，山地植被、土壤垂直分带显著，森林茂盛，矿藏丰富，河流众多，山间草原盆地农田，处处风光无限。它有七十二条沟，沟沟有黄金，是真正的"金山宝地"啊！

男人吃了有劲女人吃了漂亮

阿尔泰草原的大尾羊因其肉嫩油厚没有膻味而久负盛名。每当有远方客人来访，我们就会当场宰一只大肥羊，炖手抓肉、烤羊肉串，并自豪地告诉客人：我们阿尔泰的羊是走着黄金道、吃着中草药、喝着矿泉水、穿着毛革服、尿着太太口服液、拉着六味地黄丸全身都是宝的真正绿色食品呢！男人吃了有劲女人吃了漂亮！

她是那样年轻

　　北屯是依山傍水的小城，她是那样的年轻，又是那样的俊秀：宽广笔直的大道，干净整洁的东区，潺潺流淌的大河，盆景一样的小山……因为山因为水更因为人，北屯便有了山的气魄山的力量山的胸怀，便有了水的温柔水的爱恋水的情感……当太阳从北屯人左肩上滑下，他们又把新一轮太阳扛在右肩……

到喀纳斯去

　　六月的喀纳斯，是百花盛开的植物园。到喀纳斯去，到大山里去，浸一身花香，把大自然带回家；荡一湾清水，把好心情带回家……

喀纳斯的野花

　　喀纳斯各色的野花,展现不同的娇容:粉嘟嘟的黄金莲,像一张张孩子可爱的笑脸,让人爱恋不已;吐着金灿灿花蕊的红艳艳的赤芍,像情人娇媚的眼睛,那伸展的手掌形的叶儿,像少女伸开臂膀,多情地召唤情人的拥抱。人入其中,大有"你在丛中看花,我在花中看你,鲜花芳醉了心,你装饰了风景"的意境。

成为一朵朵会走动的花

　　喀纳斯的花草最通灵性,老者踱步其中,心境坦然,世间忧愁皆消;孩童游玩其中,越发天真浪漫、活泼可爱;少女飘逸其中,理想展开翅膀;小伙子徜徉其中,生活从此多彩……游人漫步在鲜花丛中,任清风佛面,嗅百花芬芳,禁不住会心花怒放,润红了脸颊,花团簇拥之下,也成为一朵朵会走动的花……

十渡

十渡，位于北京西北 100 余公里与河北交界处，这里山清水秀，景色秀美，气候凉爽宜人。拒马河从村边潺潺流过，还可以荡舟、垂钓呢。河里盛产红鳟鱼和小草虾，是当地人待客的美味佳肴。这里村民几乎家家搞起了农家乐，饭菜便宜，住宿 80 元一间房可住 4~6 人，干净整洁还带卫生间和 24 小时热水，真的很划算。

十渡是一幅水墨画

看，十渡是一幅水墨画。从拒马河沿河而上，一弯一渡，一渡一水墨，十渡十美画。这是一幅长卷画，大自然一笔绘就的十里长卷百景图。世上所有的颜料、世上所有的画笔、谁能用它们绘就这样的画卷？这是活的景、活的画，活的画里一只雄鸡正清脆地打鸣——唤醒了山、唤醒了水、唤醒了草木、唤醒了太阳……

撑一叶竹筏

撑一叶竹筏,游走在平静的像镜子一样的拒马河上,河水荡漾起一圈圈涟漪,倒影里的青山也扭动起来。清晨,有淡淡的雾霭,空气清爽如琼浆,远山从雾里显影出来了,层峦叠嶂,水墨画一般。乘筏遥望,山水相融。我想,人也应入景入画和这青山绿水融为一体,再烦躁的心情也会像拒马河水一样平静了。

大漠是一部天书

大漠是一部天书,每一粒沙都是一个字符。畏惧大漠的人,永远也读不懂这部天书。只有勇敢面对大漠、勇敢走进大漠的人,才能破译大漠天书。不信?你去问问大漠里的钻井工人,你去问问大漠里的铺路工人,你去问问大漠边上的植树职工,他们会告诉你,大漠里写了什么、画了什么、说了什么、演了什么……

不要认为大漠孤寂和冷漠

不要认为大漠孤寂和冷漠,更不要认为大漠无情和呆板,大漠的情感比你我、比这世上任何人都丰富。它的每一个沙波,都是一份情愫,堆积成丘堆积成梁堆积成沙海,它的梦想和你一样鲜活,那沙海蜃楼的景象令多少人惊叹。这是活的沙漠,心细如沙,心宽如海,博大精深。它叫什么?塔克拉玛干和古尔班通古特啊!

一支驼队从沙漠深处走出来

有一次,在塔克拉玛干沙漠南边,我看到一支驼队从沙漠深处走出来。我惊讶地问当地老农:现在还有骆队?它怎么会从沙漠里出来?你猜那老农怎么回答的?他很不解地反问我:这有什么奇怪吗?!原来,一个几十年前在沙漠边上的村庄现在已处在沙漠深处,村民不甘被沙漠驱赶,还在那里种植草木与沙漠抗争!

垂下了，就甜了

刚才突然发现住的农家小院里的葡萄藤上结满了小小的葡萄，像一个个刚睁眼的婴儿好奇地打量着世界，尤其是，新生的葡萄都努力仰着头向上生长，既便垂下的小果也仰头向上。是的，它们还年轻，它们在生长，待到秋天来看，累累果实挂满枝头，成熟了，就垂下了，垂下了，就甜了。

卓玛的笑是天上的云

在那遥远的地平线上，有一个美丽而神秘的地方——香格里拉，那里的山青，那里的水秀，那里的山水养育了仙女一样的卓玛，她做的酥油茶总是那么浓厚醇香。卓玛的笑是天上的云，卓玛的美是香格里拉。每个走进那仙境之地的人，都会爱上那天上的云，都会沉醉在香格里拉。美丽的卓玛，难忘的香格里拉。

香格里拉,梦开始的地方

香格里拉的美,是它的清爽和宁静,就像刚泡的一杯绿茶,清清的水,绿绿的叶,淡淡的香。草原是水彩画,田园是油画,大山是水墨画,每一笔勾勒,每一抹色彩,都是那么美妙。尤其是那绕在山腰的哈达一样的云,一头系着山村,一头牵着雪峰,人行其中,常常忘了人间。香格里拉,梦开始的地方……

你更要来新疆

要不你别看这图,看了保准你流口水!哇!我已满口生津了,吐鲁番的葡萄,我已等不及你成熟了,先用这张图片解解馋吧!吐鲁番的葡萄哈密的瓜,喀什噶尔的姑娘一枝花,我们新疆好地方,天山南北人人夸。走过千山万水,千万别错过新疆。馋了就来新疆,累了就来新疆,找不到漂亮姑娘小帅哥,你更要来新疆。

三千年后

三千年前在呼图壁南 30 公里天山深处一个叫康家石门子的地方,生活着一个一百多人的塞种人部落,部落里一个刚成亲名叫吾里恰的少女,和其他人一样到一处崖壁下,在崖壁上画了自己和丈夫,并把丈夫的生殖器画得又粗又长,希望自己早日怀孕多生孩子为族群兴旺做贡献。三千年后,吾里恰的后人正看她的画像。

天鹅湖

天鹅湖像一颗璀璨的明珠,镶嵌在绿草如茵的巴音布鲁克草原上,这里清泉密布,河网交错,水草丰茂,凉爽幽静。每年开春以后,成群结队的小天鹅、大天鹅、庞鼻天鹅飞来寻亲结伴,繁育后代。这里是国家级野生天鹅繁殖基地保护区。在巴音布鲁克草原上,天鹅被当地人称为白天使或幸福鸟。这里是摄影宝地。

一弯一首祝福的歌

位于巴音布鲁克草原天鹅湖保护区的九曲十八弯，如银练舞动草原，如洁白的哈达挂在天鹅湖颈上。四周高山皑皑冰雪在阳光作用下，雪化成溪，溪汇成河，承载着太阳和雪山的寄托，奔向草原奔向农田奔向博斯腾湖。也许对大山的思念太重，大河一弯一回头，九曲十八弯啊，一弯一行思念的泪，一弯一首祝福的歌！

巴音布鲁克

巴音布鲁克，蒙古语，意为"丰富的泉水"。巴音布鲁克草原位于中天山南麓、和静县境内大小尤尔都斯盆地，是中国仅次于内蒙古鄂尔多斯草原的第二大草原。这里地势平坦，水草丰厚，是天山南麓最肥美的夏牧场。雪山、湖泊、大河、草原、水中嬉戏的天鹅、如云落地的羊群……构成一幅巴音布鲁克的草原画卷。

活的雕像

　　生活在帕米尔高原上的塔吉克族人，大山是他们的脊梁，草原是他们的胸怀，他们用鹰笛吹响人生，他们用腰肢和双臂舞动生活，他们挺起高高的鼻梁，从生下来，就是昆仑山上一座活的雕像！

塔吉克人

　　帕米尔高原上的塔吉克人，他们用鹰笛吹响人生，他们用双臂舞动生活，他们用花帽盛满幸福，他们用母爱编织未来。雪山是他们的脊梁，草原是他们的胸怀，那哗哗流淌的溪水，是塔吉克人对美好的放歌！

秋天的桦树林

秋天的桦树林,似燃烧的火焰,簇拥在额尔齐斯河两岸。巨大的卵石激起的浪花,在朝霞映衬下流金溢彩……那个画一样的早晨,我在额尔齐斯河垂钓,霞光晨雾中,我也成了额尔齐斯河的一道风景。

秋风染红了草原

秋风染红了草原,秋风抹黄了大地,赛里木湖的碧波,映蓝了天空。秋天的赛里木,激情荡漾在草原,热烈奔放在波中,一个令人神往的地方,把秋天的故事收藏。

把天山唤醒

紫气升腾的天山，还在晨曦中熟睡，宛如梦中的少女，嘴角挂着微笑。山间的湖水，一半搂着山影，一半泛着波光。一只被霞光染红的小鹿，不知从哪里闯进了画面，它是去饮清凉的湖水？还是来欣赏天山晨景……不是，都不是。呵，一声清脆的鹿鸣，把天山唤醒。

漓江帆影

青山，倒映在碧绿的水中；水中，倒映着挺拔的高楼。几片帆影，在青山与高楼间穿梭，把山的话儿传给楼，把楼的话儿捎给山。于是，两双遥望的眼睛，两颗多情的心，紧紧地连在一起，微微激荡的碧波，是它们倾吐的情语。

桂林山水

碧绿的水,摇荡着青翠的山;青翠的山,热吻着碧绿的水。山的岚影在水的心里,水的波光在山的心里,映照、映照、映照……

木筏上的老翁,撒下一阵阵涟漪,追逐着,闯入山的怀抱,一切都摄入了镜头,你热吻,我映照,热吻,映照……

我爱沙枣树

我爱沙枣树。

你看它:不贪图富贵,不羡慕荣华,悄悄地,戈壁滩上把根扎。

春天,吐一缕芬芳,为戈壁添一片金色的彩霞,引得鸟儿叽叽喳喳来安家。

秋天,捧一树果实,招来一群馋嘴的娃娃,圆圆的果子甜得他们笑哈哈……

简单即是幸福

我曾在 183 团 7 连采访过一对新婚夫妇,他们住两间土房,除了一张床一张饭桌几乎没有什么家具,难以想象的贫寒。可这对夫妻总是洋溢着难以掩饰的幸福。他们算着地里的庄稼能收获多少卖多少钱,过个一年三年五年,他们会建成一个象样的家!最简单的愿望,最简单的生活,带来的往往是最丰富的幸福和满足!

爱在哪里,家园就在哪里

有一句话说得好:"新疆在哪里,家就在哪里!"家园是有生命的,要把根扎进泥土里,还要阳光和水的滋养,一个家园就是一棵茂盛的大树,能听到鸟儿鸣唱和风儿轻吟。爱在哪里,家园就在哪里。走过山,走过水,走过四季,带走的是岁月,带不走的是家园。家园是游子的根,是寄托和思念!

五家渠的荷花开了

五家渠的荷花开了。记得小时候去姑姑家,村头就有一池荷花,那是我第一次见荷花,印象特别深。20 年后,虽然姑姑早已去世,我还是专门去了那个村子,为的是去看那一池荷花,可惜,荷花开过了,一池凋零!五家渠的荷花开了,很大很大的一池荷花,白色的花、粉色的花、红色的花,在荷叶中仰着笑脸……

荷花

去年到五家渠看荷花,因季节晚了,没有几朵荷花了,可荷叶却个性地生长着。这种出污泥而不染的植物,虽然出生卑微,却自然长成了高贵高雅高洁高尚的品质。所以,出生的高贵与卑微并不重要,关键是生长成什么和结什么果实。荷有傲骨却没有傲气,正是它的高贵所在!

世上最美的是荷花

世上最美的是荷花。荷花是花中真君子。一池荷花，盛满一个春天、一个夏天、一个秋天，每一朵花中，都有一个仙子，每一个仙子，都是一部神话。你在荷花丛中荡过舟吗？那该是怎样的感觉、怎样的心境啊！听，是谁甜美的歌声——少女踏歌而至，又飘进了这荷花里……

喀纳斯的花

喀纳斯的芍药花也快开了吧？满山遍野一片一片的芍药花把喀纳斯装扮成花的海洋，那些野生的白的红的粉的紫的芍药花绽放着笑脸，洋溢着芳香，人在花中徜徉，闻香赏花，无论男人女人还是老者孩童，都会醉卧花丛想入非非的。

布伦托海

布伦托海又名乌伦古湖,是镶嵌在准噶尔盆地北缘的一颗璀璨明珠。从蒙古国发源的乌伦古河,流经青河县、富海县,注入乌伦古湖,这里是它的归宿。湖里有几十种野生鱼类,是新疆有名的渔业基地,也是继博斯腾湖后的新疆第二大淡水湖,其太阳岛、海上魔鬼城、阳光海滩等旅游景点,每年吸引数十万游客。

我钓鱼的小岛

我钓鱼的小岛,在锡伯渡上游两公里处。我曾经常游到对面那个小岛上去钓鱼, 那里因水流平缓,鱼特别多,大多是小白鱼,有时也钓上中白鱼和鲶鱼,运气好时可钓上几条大白鱼。记得那时粮食不够吃,我们就天天吃鱼,把鱼晒成干带到学校当零食吃。额尔齐斯河真是我们的母亲河,是她养育了我们啊!

母亲河

额尔齐斯河从富蕴的大山里奔涌而出后，就一泻千里向西而去，经斋桑湖入北冰洋。大河流经的地方，草肥林茂，牛欢马叫，养育了阿勒泰地区六县两市60多万人口和牲畜。额尔齐斯河是写在大地上的长诗、刻在大地上的画卷！额尔齐斯河我的母亲河！

野兔丛林

记得小时候，额尔齐斯河畔的原始丛林里野兔特别多，一到冬天我们就用铁丝套子套野兔，几乎每天都有收获，家家都有吃不完的野兔卖给修大堤的外来人，5块钱一只。去年冬天我回去，可雪地里再也难以找到野兔的脚印，也很难套到野兔了，见到有一个哈族牧民拿只野兔卖，我50元钱买下了它。

叶儿飘下了树梢

叶儿飘下了树梢,风儿吹响了口哨,又一个飘雪的冬天如期而至了。朋友打来电话:你们那里的冬天很冷吧?我说:冷,滴水成冰啊!在朋友的唏嘘声中,我高兴地告诉他:可是有雪,很多很多美丽的雪啊!

边陲的雪

边陲的雪,无法形容的多。初雪如纱,中雪如毯,大雪如絮……边陲的雪,无法形容的大:体如铜钱,密如机织,广至天际……纷纷扬扬的雪中,山隆起胸,树伸展臂,河挺直腰,小城藏起笑……都在尽情接受雪的抚爱。

我爱这边陲的雪

我爱这边陲的雪。当一个早晨,你打开门,呵,满院的洁白。空气清爽如琼浆,天气温静如熟睡的少女,你的双眼为之一亮:世界其实那么纯洁,似出生的婴儿,在"哇——"的一声叫喊中,一切都崭新地开始。昨日的烦恼随风而长,伸展双臂,你迎接了又一天热烈的生活!

流动的歌

边陲的雪,是流动的歌。纷纷扬扬的雪中,人在流动,车在流动,鲜艳艳的红围巾在飘动……每一朵雪花,都是跳动的音符。万物都是歌者,都是琴手。那弹奏的旋律,这么和谐,如古筝流韵,婉转而悠扬……歌声中,你会发现,历史和今天是一枝笔在抒写;过去和未来都是音符的组合。为古人叹息的泪,被今天感动的泪,都是一滴雪花融化的水珠……

在刚刚停雪的大地上迈步

我尤爱在刚刚停雪的大地上迈步,那又是另一番感受:你听,脚下的"吱——吱——"声,是对你迈出每一步的赞美,是大地兴奋的掌声。但这赞美和掌声又是那么吝啬,只有在你又一脚迈出的时候,才会为你喝彩!

身后,就是一串美丽的诗行

你若原地踏步,雪的吱吱声杂乱而无力;你果敢地一步步走出,脚下的声音就会铿锵而威武!——这是多么公正的声音啊,坚定地走在雪地上,身后,就是一串美丽的诗行……

一丛新绿正伸开了腰

有一次,在河边的一个雪洞里,我惊讶地发现,一丛新绿正伸开了腰,一朵不知名的小花正揉着惺松的眼睛。这是母亲的情怀啊!雪把寒冷挡在外面,它的怀里,正拥抱着刚分娩的生命……

都是雪的杰作

边陲的雪,是这样坚决,它在毫不犹豫地否定了一切之后,又在毫不犹豫地创造着一切。啊,这该多么伟大。其实,浓绿的春,火红的夏,金黄的秋,都是雪的杰作啊!

爱边陲的雪吧

　　爱边陲的雪吧！滚一身洁白，用那种深邃的意境将自己浸透。这时，你的内心纯净得就像白纸，随时等待着思想的浓墨，滴染出优美的图影。爱边陲的雪吧！不要因为冬天的凛冽，而忽视雪的存在，不要因为色彩的单调，而埋怨雪的冷漠。待来年，你会看到——哗哗流淌的溪水，是雪对生话的放歌！

昆仑山是彩色的山

　　昆仑山是彩色的山。红色、白色、褐色……一层层叠加、一块块点缀、一笔笔勾勒，把昆仑山打造得五彩斑斓。也许因为与天近，也许因为与地亲，上苍把它所有的色彩都恩赐给了昆仑，任意地挥洒。昆仑山就是天生丽质，无论它怎么涂抹，哪怕是随意地泼墨，都是那么自然、那么绚丽、那么俏美与和谐。

雨后昆仑

雨后昆仑，云雾从大山的各个角落升腾起来——这里的尖峰利岩，那里的刀梁斧崖，都有一团团云雾缠绕，若隐若现，好似泼墨山水画一般，人入其中如进仙境。云雾中的山啊，一会儿是女人圆圆的脸蛋，一会儿是男人高高的鼻梁。昆仑山是女人的温柔男人的倔犟，是男人的伟岸女人的娇柔。

昆仑的雪

昆仑山四季顶着皑皑白雪。寒风呼啸，你问它：冷吗？它耸耸肩把胸挺得更直把头仰得更高。大雪纷飞，你问它：累吗？它抓一把积雪挤出一溪浪花，把笑哈哈的回答，让溪水带给草地，让浪花捎给河流……这是勇敢者的身躯，这是无畏者的铁掌，这是王者头上的皇冠……

昆仑山上的塔吉克人

昆仑山上的塔吉克族人，悦耳的笛声在男人嘴边流淌，铿锵的鼓点在女人指间跳跃，老者的舞姿抖出生活的快乐，孩子柔巧的腰肢每一步跳动都舞飞理想。他们的心灵像雪一样纯净，他们的胸怀像草原一样宽广，他们的思想像大山一样厚重，他们的欢乐像笛声一样悠扬……

那棵藤已很老

那棵藤已很老，每根枝杆都挤满岁月，每个葫芦里都装满故事。我用葫芦做成瓢，用瓢盛来水，用水滋润种子……

发现的魅力 1

在吉木乃县的怪石谷拍摄各种奇形怪状的石头时，一回头，崖壁上一只火红的狐狸正在眼前。瞧，它的神态多可爱，正扭头机譬地看着我们，仿佛在说"我要赶回家去，你们不要打扰我哦！"大自然的绘画维妙维肖啊！

发现的魅力 2

姐姐在河畔洗衣的背影，竟这样生动地刻画在河边的石头上了！只是，姐姐的一头黑卷发，被调皮的画家染成了金黄，哈，这还更可爱更时髦了呢。我拍下这幅画，发给远方的姐姐们，看她们勤劳的背影，是一幅多美的图画！

发现的魅力 3

　　这只最懒的小鸭，终于最后一个破壳出来了。它伸展翅膀，打量打量自己，羽毛丰满了，可以出来了，可它还想在蛋壳里多呆一会儿。叫我发现了一只多可爱的小鸭子啊，我就把它拍回来了。可爱不？

发现的魅力 4

　　这幅牡丹图真绝了吧？生长在正翠绿的枝头，两朵金黄的牡丹开了，相映成趣。我们身边，有许多这样有趣的东西，只要用心去发现，美就随时随地在你身边，发现比欣赏更重要，因为只有发现，才能有享受。

发现的魅力 5

一朵小花开了,引来谁家的一只小狗儿。闻香而来的小狗,被花香陶醉了,竟忘了回家,就这么留在石头上了。这是谁家的小狗儿,有认领的吗?

发现的魅力 6

我尤爱在人流穿梭的大街上拍厨窗,每一刻都折射出不同的风景。一扇厨窗,就是一个社会的缩影,就是一个个人心境的镜子,每一刻的变化,都是活动的境像。不信?你拿上相机,去拍厨窗,回来你会有更多惊喜!

珍爱野生动物吧

记得十年前听著名野生动物摄影家冯刚先生讲拍摄野驴图片之艰辛时,感叹遇见野驴多么不容易。去年开春初暖还寒时到五彩城拍摄,沿途经过卡拉麦里野生动物保护区,竟看到了十几头野驴和三群至少上百只黄羊,说明保护野生动物真的见成效了。这真的令人欣慰啊。让我们每个人都自觉地珍爱野生动物吧!

海参崴的日落

在海参崴的海滩上看日落是一道最美的风景:金黄的太阳灿灿地露着笑脸去吻碧波荡漾的大海,火红的晚霞把大海烧得沸腾起来,海浪把太阳揉碎、拉长、复圆,每一个波光里都藏着一个太阳。成群的海鸥叽叽鸣叫追着帆船,那挂着白帆的小船像一个踏波舞浪的少女,走在桔红的地毯一样的波光里……

辑二

鉴湖微语

谢谢

在滕王阁里的工艺品店看到这件叫"谢谢"的瓷器，觉得很有创意便买下了。现在社会太浮躁太缺"谢谢"了。在物质欲、占有欲、金钱欲、享乐欲都在上升的今天，人与人之间的坦诚、信任、亲情、友爱、理解、原谅、互助却在下降。祖先发明的"谢谢"一词正在被"凭什么"取代。让我们心存感恩多些感谢吧。

遗憾

前年在巴黎拍下一张埃菲尔铁塔的照片。当时排队登塔的人密密麻麻，我看人太多就放弃了登塔计划。如今看这张照片，想几万公里都跑了却因等不急几个小时，终究未能登塔一览巴黎，颇感遗憾！有句话说得好：走过路过不要错过。人生的机会很多，可机遇不常有，更多地抓住机遇，才能更少地留下遗憾！

真想吃呢

昨日在西大桥地下通道出口处,又见到了久违的爆米花。小时候一听到"爆米花喽——"的吆喝声,便急不可待地挖一碗苞谷粒就往外跑,只听"嘣"的一声,一碗苞谷粒就变成了一盆白花花的米花,吃得小朋友们满脸米花,好不开心呀。我说:买一袋吧,真想吃呢……

恐因酒误事

五一小长假,本想出城去探亲访友或约几个朋友小聚,但一想到无酒不成席有席必豪饮,心里发怵,又不敢出门了,尤其想到"世俗多言李太白在当涂采石,因醉泛舟于江,见月影俯而取之,遂溺死",盖与谓杜子美(杜甫)因食白酒牛炙而死者同也"(容斋随笔),还是闭门读书好。我自控力差,恐因酒误事!

"同志"

近日为一个回国朋友接风,席间他忠告:以后出国别称"同志",因为同性恋者才称"同志"。呜呼——又一个好词被糟蹋了。看这些年多少好词被篡改了——"小姐"成了妓女的代名词,"老实"成了傻冒的代名词,"耿直"成了没脑子的代名词……不知还有多少好词被篡改呀?!呜呼哀哉!

尺棰取半

晨读《容斋随笔》中《尺棰取半》,对"卵有毛,鸡三足,犬可为羊……非词说所能了也"。而今可告慰先人:卵有毛——明胶蛋也,鸡三足——转基因鸡也,犬可为羊——挂羊头卖狗肉也,马有卵——神马都是浮云也,火不热——沾土加煤也,龟长于蛇——激素之效也,飞鸟之景未尝动——鸟食尽仅标本也……

朋友之义

《容斋随笔》有一章谈《朋友之义》，末了长叹："本朝百年间此风尚存。呜呼，今亡矣！"可见，国人到宋代时已无"义事"可言，仅存"义"字解义了。故，今挣朋友的钱，啃父母的老，夫妻都藏点私房钱，就不必大惊小怪了。要不，你扪心问问：为父母你尽孝几何，为妻儿你尽责几何，为朋友你尽义几何……

使如唐日，将如何哉

《容斋随笔》载：唐·开元23年（735年）至天宝7年（748年），皇帝为使全国敬奉老人颁昭天下：侍奉老人百岁以上的封给上州刺史的头衔，九十岁以上的封中州刺史，八十岁以上的封上州司马，七十岁以上的给县令的待遇，六十岁以上的按县丞对待……京城内外全国侍奉老人，安排官衔。"使如唐日，将如何哉！"

所谓诗人

《容斋随笔》说，所谓诗人，未必是一定会做诗的人。如果可以心胸开阔、超脱待人、温文而雅，哪怕一个字都不认识，也是一个真正的诗人。如果心胸狭隘对人俗而无礼，哪怕每天咬文嚼字长篇大论写文章，也不算诗人。可见，在古人心目中，诗人是多么神圣和伟大的称号！昨又闻一男诗友三娶新娘，不知可算超脱？！

当然也有佳作

清·袁牧在《随园诗话》中对诗歌有精僻论述：诗如天生花卉，春兰秋菊，各有一时之秀，不容人为轩轾。音律风趣，能动心目者，即为佳诗。想现在为什么读诗者少而写诗者多？恐怨诗人只顾自己抒情表意而忽视了读者情绪，如同在开一个人的演唱会自我陶醉而已。当然也有佳作，那定为众人所喜爱的诗作。

贵在推陈出新

清·袁枚说：写诗贵在推陈出新——神仙是美称，可有人写道"丈夫生命薄，不幸作神仙"；杨花是飘忽的东西，却有人写"我比杨花更飘荡，杨花只有一春忙"；白云乃是悠闲的象征，却有人写"白云朝出天际去，若比老僧犹未闲"……袁枚说，这些都是推陈出新。

学然后知不足

《礼记·学记》中说："学然后知不足。"由此可见，凡是知足（自以为是）的人都不是爱学习的人，那么夜郎自大也就不足为奇了。鄂公在其诗《题甘露寺》中说："到此已穷千里木，谁知才上一层楼"，方子云也说："目中自谓空千古，海外谁知有九州。"古人谦虚好学的态度，真的值得我们敬仰和学习！

身体力行

《随园诗话》有一则笑话,颇耐人寻味:有一个迂腐的学究说:"有人如果能按照《论语》身体力行里面的一句,就是圣人了。"有纨绔子弟讥笑道:"我已经照做了三句,恐怕还算不上圣人。"问他原因,乃是"食不厌精,脍不厌细""狐貉之厚以居"三句。闻者大笑。

两个老人

两个老人同时从海南疗养回来了。一个待了半个月的老人说:时间太长了太寂寞!另一个待了三个月的老人说:时间太短了不够用。原来,一个老人天天看海,一个老人天天画海。

试问现在文字几斤重

好的诗歌在百年后的今天还是让人终生难忘，如言情的"临行一把相思泪，当做珍珠赠故人"，写景的"若把西湖比明月，湖心亭是广寒宫"，寄托的"漫道此花真富贵，有谁来看未开时"，感慨的"人逢沧海遗民少，话听开元旧事多"。这些佳句，任何时候品味都是享受！试问现在文字几斤重？千字可比古人一字？劝文人别自傲了！

应该多建图书馆

周六休息，又忍不住想去书店。和抽烟上瘾一样，见到好书就想买，可又没有那么多书架存书。想宋人文正公李方在家中开设书馆供人阅读，还免费给读书人提供饮食，真令人敬仰！如果我们的每个社区都建有图书馆那多好啊，就不用家中为藏书发愁了。应该多建图书馆，多搞全民阅读活动，社会就不会那么浮躁了！

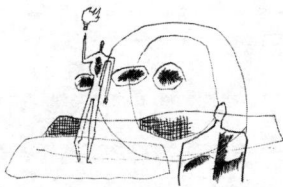

一幅画

去年在北京画家村宋庄的一画廊里看到这幢画时，一下就想起五岁时回老家在村头看的那一池荷花。生长在戈壁上的我那是第一次见到荷叶和荷花，以后每天都到村头去看荷花，然后撑一把荷叶伞回奶奶家。可惜只看了几天我就回新疆了。那池荷花却一直留在我脑海里，就是这幅画的样子。我买下这幅画挂到书房里。

书是什么

书是什么？书就是人生，就是社会，就是世界。买一斤羊肉的价钱和买一本书的价钱哪个划算？一本小说能把你带进一个世界，一本科技书能让你学会一门手艺，一本书甚至能改变一个人的人生。所以，书虽有价钱，却没有重量，因为内容是没法计算重量的。我觉得，图书不应以印张定价，而应以内容定价才对。

读者是上帝

现在出版和发行脱节严重,编书的人不考虑书的定位和市场,只管把书做出来,至于卖给谁怎么去营销就不管不问了。而发行的人又不读书,只看了书名就一堆货往书店发货。从编到发都没有把读者放第一位。出版社是给读者出书的地方,不是为作者出书的地方。写书、编书和发书都要把读者放第一位。读者是上帝!

一个作者来找我

一个作者来找我,拿了一本厚厚的书稿,是他几十年来收集的名言警句,其中还有"在大风大浪里锻炼成长"。老人家读了不少书才会有这本手写得书稿啊!我告诉老人家,这种书现在很多,也不好卖,出版不了。老人家很生气:这本书至少能卖10万册! 我们很多作者也是一样,只管埋头干自己的不管市场怎么行啊!

六卷本

什么时候都是自己的孩子好——这似乎是很多作者的通病。一个写诗的同学，自诩中国诗歌之希望。他老是埋怨我不出版他的六卷本诗歌选，骂出版社只出挣钱的书不出赔本的书。我说你的那么厚的六卷本出版了给谁看呢？他说：毛主席文选才五卷本，我的文选六卷本，有没有人读先不说，其意义有多大可想而知。呜呼！

自费出版

自费出版政策是为一些专业性很强而资料和史料价值很高的学术著作出版而定的。现在越来越多文学作品加入到自费出版行列中来不是正常现象。我想可能有两种原因：一种是本来就自娱自乐的作品，出书是为了捞个"文人"名声；另一种是作者因没名气作品未受应有的重视无奈自费出版。

要善于发现好稿

有些自然来稿和自费书稿中可以发现好东西。一本原打算在另一家出版社自掏几万元自费出的长篇小说《幸福鸟》，我发现是本很好的东西，就列入我社计划出版了，卖了几万册。年前决审一本自费小说《馕真的很香》发现是一本好稿子，也改为计划书出版了，读者反映很好。我们出版社的编辑要善于发现好稿啊！

关于稿酬

最近热议稿费标准的事，我个人认为，这早就被市场解决了。名家的畅销书听说版税都给到13%了，已经与增值税相同了。有的作家开口千字千元，早把出版社吓趴下了。我赞成稿费跟着销量走，或者采用利润分成、项目股份的办法，而不要搞一刀切，对作者和出版者都不好。因为作者和出版者都是产品的生产者。

河滩公路

六十年前,这里还是一条波涛汹涌的大河——乌鲁木齐河。当年的河床是现在车流如水的河滩公路——一条以河命名的公路,似乎还在提醒人们对河的记忆。又有多少以河命名不见河的路呢?去年回北屯看额尔齐斯河,水量是十年前的一半是三十年前的三分之一,那么,十年之后,三十年之后呢?还要以河命名一条路?

知了

昨日在人民公园买了四袋油炸蚕蛹,回来打开品尝,和小时候在老家吃的不一样,上网一查,原来小时吃的那东西叫知了。记得有天早上堂弟天不亮就拿了电筒带我去捉知了,专门捉刚从土里钻出来爬到树上翅膀还没展开的知了,捉了一百多只回去,舅母油炸了给我们吃,真香啊!现在想,这知了可以做成一个产业哩。

蝎子也有"美"的一面

蝎子又丑又毒,但它却有"美"的一面。5岁时我回老家,因水土不服长了一身疮。25岁时出差路过回老家小住几天探亲,不料又全身长满红疹奇痒难受。两年后异地采访又回到老家,说到担心水土不服,老家同行便特意连续几天点了油炸蝎子让我吃,果然在老家采访半个月,一点事也没有。蝎子虽丑却有神奇功效。

招聘

在广州街头,到处可以看到招聘"部长""主任"的小广告。朋友问:部长和主任哪个大?我正在思考怎么回答,突然看到这则广告,便反问他:你说部长和主任哪个大?!哈,这年头盛产"部长""主任"啊!

做不了第一就做唯一

前几天看《非诚勿扰》，有一个男嘉宾说的一句话很好："做不了第一就做唯一"，敢这样说的人绝对有个性。其实"个性"就是"唯一"，每个人的个性都是唯一的，只是有人张扬了个性有人掩盖了个性而已。微博上说某地一个乞丐乞讨只要五毛钱，给少了不收，给多了退找，因此名声大噪，这恐怕也算是唯一吧。

哲人

印度一位哲人说："你有一只表，你知道时间。你有两只表，你永远无法确定时间。"学生问："这是说明世上没有一个同样走的表？"哲人哑然。学生又问："这说明人其实是不相信自己？"哲人又哑然。事物的本质哲人看到并点化出来，解释它就不是哲人的事了，否则他不会成为哲人，或者，我们每个人都是哲人！

日用而不知

知者不言，言者不知，智者不语，语者赘言。一文官问玄沙大师："何为日用而不知呢？"大师请文官共用了糕点，说："这就是日用而不知。"

读书

法国《费加罗报》一个调查显示，法国人有五分之一一年没读过一本书，有三分之一读了 1~5 本书，被嘲笑为"不读书的法国人"。国内不知有无此种调查？听说一个获评"最爱读书的人"一年里读的书为：2 本菜谱，2 本女性美容书，1 本运程书，1 本连环画，3 本杂志，1 本《说话的技巧》。

商机

报载印度马哈拉施特拉邦受重男轻女思想影响,男女比例严重失调,2011 年统计显示该地区男女比例为 1000:801。此消息大有商机:1."同志"生活用品市场潜力巨大。2.同性繁殖技术研发潜力巨大。3.女性防卫用品市场潜力巨大。4.男性竞争技巧培训业务市场潜力巨大……估计潜在市场价值在百亿元左右。

没准真火了哩

理发时听到:有个小伙子特爱唱歌,说准备去《中国好声音》打拼一下,那天专门到人民公园朝阳阁广场上演唱,没唱几首歌广场上的人就走了大半。小伙子不解,问一阿姨原因,阿姨说"你唱得太难听了!"。一正在做头的小姑娘问:走的都是阿姨奶奶叔叔爷爷们吗?答说:是啊! 小姑娘说:那这小伙子没准真火了哩!

卖诗稿

红山地下通道经常有唱歌的,我时尔也给个五块十块的,觉得他们不是为钱,而是追求一种价值,挺令人尊重的!那天遇到一个长发女诗人,用长发遮住大半个脸,铺了一地手写的诗稿在卖。我问:是你写的?答:是。我说:卖了不可惜啊?答:诗人也要吃饭啊!我心里很难受,给了200元钱找了张有几行诗文的手稿买下。

三星堆是艺术殿堂

三星堆出土的铜雕和陶制品令人叹为观止!带我们参观的朋友介绍,据传当年三星堆人普通患有甲亢,所以他们的雕像大多是凸眼睛人。三星堆雕像几乎都是夸张的大眼睛和夸张的大嘴巴,但我觉得每一个铜雕的"大"都是那么恰到好处,每一件都是超现实主义的艺术作品,不可能与甲亢有关。三星堆是艺术殿堂!

认识和感知世界

三星堆人是最早认识和感知世界的人，他们希望眼睛能看得更远，他们希望耳朵能听到更多外面世界的东西，他们希望嘴巴能品尝到更多美食，能传播更多信息，他们心目中完美的人应该具备这些，所以他们用夸张的手法在铜雕像中表达了心中的愿望。三星堆人应该有很高的文明，很早就表达了认知世界的力量！

艺术来自于三星堆

六月到南非，我们为当地黑人制作的各种木雕而折服，我的旅行箱里几乎全是买的木艺品。当时我还说，真正的艺术在南非，真正的超现实艺术家是丛林里的黑人。看了三星堆文明后才发现，所谓现代艺术、超现实艺术、西方的朦胧艺术、意识流派等东西，古代的三星堆人早玩过了呀！真正的艺术来自于三星堆呀！

为文而文与为人而文

如果作家把文学当做一种信仰,我怀疑他能否写出好作品。文学是社会的,创作也应是生活的、现实的、物质的。为文而文与为人而文,决不是一样文章,好文章应出自为人而文者之手,因为,他是生活人,而非精神人。

同学

突然接到高中同学的电话,告知我他明日来新疆。二十七年未见过面的同学突然来电,让我心情激动了好一阵。我在想,从小学、初中、高中、大学、研究生到各种学习班、培训班,算来称为"同学"的也不少了,为什么唯独对"183团一中高中3班"的同学那么有亲人的感觉?可能那是"刚青春"时的同学吧!

真酒与假酒

生意做到年千万收入的同学请吃饭,席间一再强调茅台酒是绝对真酒,并说了一个笑话:数年前生意场上别人请他喝茅台酒,那是他第一次喝这种名贵酒。后来生意做大了,经常喝茅台酒,但每次都爱拿第一次的酒感对比,发现大多是假酒。有一次去了茅台酒厂,厂领导请他喝茅台酒,他才发现第一次喝的才是假酒啊!

真经

一年轻人向智者求教为人真经。长者在纸上用笔画了一方框,问:"你能把方的变成圆的吗?"年轻人说"不能",长者又用笔画了一个圆,问:"那你能把这个圆变成方的吗?"年轻人想了想说:"还是不能。"长者笑了:"你知道真经了!"年轻人不解,长者道:"能和不能都是真经啊!"

名片文化 1

"名片文化"可以是一种艺术，可以是一种民俗，可以是一个人，一件事，一座山，一个村……就像麦盖提的"刀郎木卡姆"，阿瓦提的"多浪农民画"……每个地方，都要有自己的"名片文化"，并经营好"名片文化"，打造"文化新疆"才能事倍功半。

名片文化 2

说到名片文化，我想到一个已故同事，写了一辈子，也没有什么大作，却每次见到大家都对他肃然起敬，因为他递上的名片很特别："工人出身的作家：***"。以至于别人不知道他有什么作品，却知道他是"工人出身的作家"。"名片文化"是文化中的文化，是一个人的内涵文化与精髓。

名片文化 3

打造地方名片文化,首先是要发掘地方文化的精华。麦盖提县长期把民间刀郎木卡姆说唱艺人组织起来,发给他们文化津贴,让他们平时向年轻人传授技艺,并经常组织艺人到各地演出乃至到国外演出,使这一优秀文化广为传播,也使刀郎木卡姆成为麦盖提县很叫响很精彩的地方文化名片。

名片文化 4

打造地方名片文化是要耐心培育和舍得投入的。阿瓦提县有十几个农民,喜欢业余时间画农民画,县里就和画画的农民签约,每人每月给600元创作补贴,每月至少画四幅画。农民画家很快发展到几十人。县上经常组织画展和评奖,使农民画远近闻名。张春贤书记亲观画展后高度评价。他们这张文化名片打得好!

名片文化 5

令人高兴的是，现在各地都在搞文化建设，提升文化软实力，对文化前所未有地重视，这真是好事，是社会进步和人类文明的表现。但也有令人忧虑的，怎么感觉到处都有"机遇来了大干快上时不我待"的趋势，这可能会犯"急于求成、立杆见影"的冒进错误，而且最怕一哄而上、盲目投资。希望决策者们三思而行。

名片文化 6

文化建设不像盖一座楼挖一条渠修一条路那样简单，文化建设是一个系统工程，是要有发现、培育、规划、投入和长期运作的过程，尤其是文化产业的发展，更是一个长期培育长期建设的过程。一种文化的形成并最终成为产业，要有它特定的环境和条件，应认真加以分析，万不能你有我也有，你搞我也搞。

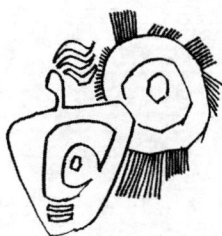

名片文化7

听说共和国最年轻的北屯市一建市就在打造以"成吉思汗"为主的名片文化，先不说这张名片打得是否准确，单就是决策者们的"名片文化"意识，就令人称赞。一个城市、一个地州，没有自己的文化名片，就不能称为"有文化"。因此，我认为，首先做好自己的"名片文化"，才是发展文化产业的"抓手"。

北屯名片文化谈1

我曾在北屯市宣传文化单位工作了十五年，关于北屯的"名片文化"建设，有几点想法：关于打造"成吉思汗文化"为名片文化，我认为不是最佳选择。成吉思汗虽然当年西征时曾在平顶山上点将挥师，但毕竟只是路过，留给北屯的历史文化沉淀少之又少，难以提升文化价值。

北屯名片文化谈 2

　　说到成吉思汗人们自然会想到蒙古人和内蒙古，很难把他与北屯挂起钩来，原因是他到过的地方太多，人们不会在意他去过哪儿。况且，据我所知，成吉思汗留给北屯的只有一个"点将台"的传说和丘处机"金山南面大河流"的诗，不能称之为北屯有代表性的历史文化。

北屯名片文化谈 3

　　北屯没有"成吉思汗"文化积淀，如果仅靠建几座雕塑，弄几顶帐篷，命名一个山头，规划一个园区，充其量只能是"景观"，难谈文化，就更谈不上"文化名片"了。因此我认为，北屯还是从审视和发掘自我上下功夫，把属于自己又叫得响的打造成文化名片，效果肯定比借别人名扬自己名要好。

北屯名片文化谈 4

我认为,北屯有自己特色可出彩的文化名片很多,用自己的"特产"做出的饭,肯定是桌"文化大餐"。我有个建议,北屯能不能在额尔齐斯河流域文化上做做文章,打造一个成体系的"额尔齐斯河生态与草原文化园区"呢?比如杨树基因库植物文化、以狗鱼为主的鱼文化、岩壁画文化……

北屯名片文化谈 5

北屯的名片文化就打好四张牌即可:以乔尔泰(狗鱼)为主的鱼文化——冷水鱼类科学知识和鱼美食文化;额河石文化——观赏石和彩玉科学知识与收藏观赏文化;世界四大杨树基因库之一的额河植物生态文化——白杨、黑杨和银灰杨;额河流域草原文化——哈萨克民俗文化和草原文明。

北屯名片文化谈 6

乔尔泰(狗鱼)可是北屯的一大品牌。我所居的乌鲁木齐市,各大星级酒店几乎都有这种北屯独产的名贵鱼,凡设宴者都会点它并向客人介绍:这是北屯的冷水野生鱼,只有额尔齐斯河才产呢!瞧,一条鱼就叫响了一个地方,一道菜就为一个地方做了免费广告。北屯便宜捡大了吧。这就是名片效果。

北屯名片文化谈 7

仅就"鱼"说,可谓北屯一绝特色。前日一北屯老友请客,邀的虽然都是平时有头有面的这个处长那个老总的,却安排在一家专门做北屯鱼的不起眼的街店吃饭,十几道菜十几种鱼,道道菜味美鱼鲜,客人赞不绝口,都说北屯的鱼好北屯真是个好地方。鱼,为北屯增加了名气和财气,多好啊!

北屯名片文化谈 8

北屯鱼可以说是一道亮丽的生物与美食。前两年每次内地客人来我都会带他们到乌市的北屯鱼馆吃饭，不仅是吃鱼，重要的是感受北屯鱼文化。小鱼馆里，用玻璃养着一二十种鱼，墙上贴着各种鱼的介绍和营养成份，每种鱼还配有一首诗，上每一道鱼菜时都有说法和祝福，真的很绝的！

北屯名片文化谈 9

北屯真应该打造鱼文化呀，在额河边上建一个"额尔齐斯河鱼文化园区"，内有生态博物馆（各种标本和生物知识）、繁育养殖场、垂钓园、美食城（街）、和鱼有关的工艺美术区（各种木鱼石鱼草编鱼和美术作品展销等）、人文科技馆（额河从源头至北冰洋的两岸民俗风情图片和食鱼文化）等。

北屯名片文化谈 10

北屯三件宝：一鱼二石三树，件件宝都是文化名片。再说北屯的额河奇石，以其质地细腻、油润光亮、图案精美、色彩丰富而名声大噪，有"新疆第一美石"美誉。北屯戈壁彩玉以其玉质好、色彩丰富、形体适当、出身偏僻而广受赞誉，都是可挖掘和打造成文化的宝藏，品牌价值不可忽视！

北屯名片文化谈 11

"三树"是额河特有生态。额尔齐斯河流域的黑杨、白杨、银灰杨是世界四大杨树基因库之一，说明其生态环境较好，尤其三种杨树都非常粗壮，形态颇佳，又是较好的大型观赏树，从植物知识和自然生态角度打造"植物园"，不仅可供游观还保护了生态。

北屯名片文化谈 12

围绕"一鱼二石三树"建额河生态民俗文化园——最好的地方是大桥两边，不仅可发展旅游产业，拉动文化产业，扩大就业，还是北屯最特别最亮丽的风景和文化名片！

北屯名片文化谈 13

北屯真是一个好地方呢，是个依山傍水的城市，生态环境很好，又是阿勒泰地区六县两市一镇的交通枢纽，乌北铁路的终点站，非常适合发展旅游产业。希望有眼光的老板到北屯投资"额河生态民俗文化园"，肯定会事倍功半获利颇丰！权当为家乡广告了！

我为微文学作品顶一票

现在很少有人静下心来读一本书了。不是现在的人不爱读书，而是生活节奏太快生活压力太大。微文学作品可以让人用很少时间读很美的作品，是作家应时代潮流的创作，是值得更多作家效仿的。好作品不在长短而在内涵。我为微文学作品顶一票。

微童话

微童话的读者首先是孩子的"大人"，孩子是"听众"，所以故事要高度精炼，让"大人"有想象和发挥的空间，是作者和读者为孩子共同创作的故事。一篇微童话，不同的母亲讲给不同的孩子听，故事会演绎出不同的色彩，多美啊！

标志

红山——曾经作为乌鲁木齐市的标志，与山下的西大桥一起印在帆布包、作业本封皮上。在阿联酋的飞机上有一个航线图，用不同的标志标注航线：埃菲尔铁塔、伦敦桥、天安门、东方明珠塔、五羊雕塑……我想，如今乌鲁木齐用什么标注呢？一个地方一座城市一定要有标志性建筑，否则就是没有文化的城市。

水是城市的精彩

乌鲁木齐是离海洋最远的城市，加之又没有大的湖泊河流，因而水对这座城市尤为珍贵，好在有乌拉泊和红雁池水库，有几个人造湖。水是城市的精彩，是城市的灵魂，建议乌市多建人工湖和绿地，让浮躁的城市静下心来，让人们的心态回归到自然，让这座边城真正山清水秀适宜居住。要是引额济乌水能进城多好！

你烦恼的背后就是幸福

最幸福最美好最让人留恋的是童年的时光。这是成人后的回味，因为童年的孩子不知烦恼也不知快乐，所以也不知幸福。烦恼从哪里来？其实人从知道幸福的那一刻烦恼也随之而到了，幸福和烦恼是一对孪生兄弟，你追求幸福的同时就要面对烦恼，你烦恼的背后就是幸福。不必有太多的向往就不会有太多的烦恼……

李晚上做了一个梦

李晚上做了一个梦：梦见他在墙头上种白菜，下雨天穿着雨衣打着伞，抬头看见树上挂了一口棺材。这人把梦讲给张听，张大呼：不祥——白种、多余、官悬。李沮丧至极。又说梦与王，王大呼：喜哉——高中、双保险、升官！李兴奋至极。回家李想，张和王的话信谁呢？问智者，答：你愿意信谁呢？

胡言乱语 1

@人生最怕把失望/挂在墙上/却把希望/扔进了炉膛。@帽子说：我管脑袋/指挥着思想——可几乎见不到/戴帽子的人了/凳子说：我管屁股/确保油水和舒服——满世界都是凳子椅子沙发……

胡言乱语 2

@一条扁担挑着两头：一头是爱，一头是痛。一根红绳系着两头：一头是笑，一头是忧。一颗心儿挂着两头：一头是牵挂，一头是忘却。一双手儿握着两头：一头是清醒，一头是糊涂。

胡言乱语 3

@照相：咔嚓，把你拍下——笑就凝固了。咔嚓，把景拍下——景就死去了。@坟茔：天王老子/谁都不睬/整到最后/连骨吞下/冷漠无语/人见人怕。@牙刷：你的牙白了/我的毛少了/你的牙好了/我的毛没了/给果还赔上牙膏/肚子一天天扁了。

胡言乱语 4

@猪：吃饭睡觉，想那么多干嘛，你看我无忧无虑，心宽体胖。人：好呀好呀，咱家猪猪，学聪明啦。@小偷的怨言：要不，就大大方方做婊子，总算痛快一场；要不，就贞贞节节立牌坊，求个美名远扬，为什么要，既做婊子又立牌坊，弄得我们没个人样。

胡言乱语 5

@青春:文化局长写了首诗,得到了赞美"真了不起",于是开个研讨会,讨论诗的内涵意义。大家高手来了一帮,各抒己见好不热闹,有说创新有说精辟有说新诗革命,总之是超越李白杜甫的佳作。局长诗的标题只有两个字——青春,局长诗的全文只有两个字——青春。一只发情的猫在大声宣布:我就是青春。

胡言乱语 6

@河:不要赞美,我哗哗地奔跑,我是怕池塘,捆住了手脚。@赢家:拉开一把长长的弓,射出一支长长的箭,击落一只小小的鸟,熬出一锅香香的汤。请了一群人,吃了一只鸟,有福共同享,大家齐声"好!"。

胡言乱语 7

@ 梳子:梳男人的毛,梳女人的毛,落了一身,说不清的毛。@ 自然说:最美的东西,是你创造的!最脏最臭的东西,是你屙下的!@ 肉包子是怎样发明的:和尚不准吃肉,但又很想吃肉,就在肉外包了面皮,蒸熟了吃啦。

胡言乱语 8

@ 某记者:用一个长长的鼻子,去嗅装油的坛子,用一只长长的手,去抓小孩的胡子,用一条长长的腿,去勾对面的椅子,一不小心,又被别人骗走了老婆子。@ 醉者对醒者说:"你是一堆臭狗屎",醒者对醉者说:"你是一尊弥勒佛"。@ 老鹰捉小鸡:公鹰的一个东西,被小鸡偷走了,母鹰就满世界——捉小鸡。

胡言乱语 9

@给编辑:领回个别人的孩子,精心把她养大,孩子亭亭玉立,出落得秀美如花。孩子聪明健康,寻下个好的婆家,为她备足了嫁装,送回给她亲娘家。编辑人也老了,孤独地度着年华,亲自买了口棺材,爬进去静静地躺下。

胡言乱语 10

@驴:本想学牛叫,又要学马跑,啃了几口草,屙了一团糟。@为什么:猫对狗说,我捉老鼠,你管什么闲事?狗对猫说,凭什么那么一团肉,只能你去享用?!

胡言乱语 11

@洗脸毛巾:天天擦洗人的脸,每条缝里都堆满虚伪。洗脚毛巾:每天擦洗人的脚,每条缝里挤满真诚。@橡皮擦:能保证,擦去笔的错误,却不能保证笔不再犯错。

胡言乱语 12

@人和动物/本没有区别/但人能用衣物/把自己改变/所以人就高仰着头颅/动物只好爬着走路。@沙子:想让自己,变成座山,又承受不了,生活的劳苦,石头的心,就碎了。

辑三

微记博录

神庙

埃及的法老们不仅热衷于为自己修建通向神和太阳的金字塔,还热衷于建各种神庙,作为他在世与诸神交流的场所。可是,他不可能与任何神会话,为什么还要劳命伤财自欺其人呢?其实法老和百姓都心知肚明。有些事可以点破,有些事永远不能点破,就像我们今天不称之为荒谬而敬为"文化""文明""圣地"一样。

文字

我们中国最早的文字是象形字,和埃及金字塔文相比,他们写实我们抽象,应该我们更有艺术。我们的祖先一开始记录生活就是艺术家了,而正因为不断追求"艺术",我们的文字越来越复杂了。先是因为文字复杂了,人也越来越复杂了,社会也越来越复杂了,这就有了"说文解字",这就有了"大家""名家"了。

精神追求

在任何国家,见得最多、建得最好、历史最悠久的都是各种宗教场所。不管哪种宗教,都是崇尚真、善、美的精神境界。人的精神追求要高于对物质的追求,物质追求服务于精神追求,正因此,世界有三种东西存世最长,一是教堂寺庙,二是学堂大学,三是图书和图书馆。所以,信仰是精神世界和思想领域的最高境界。

换轨

坐火车到哈萨克斯坦必经一件有趣的事——火车从阿拉山口口岸过去不久,会在哈萨克斯坦境内一个小站停下,然后整列火车车箱连乘客一起被吊起悬空一米多,车轨被全部拖走,几个小时后换上了新车轨,火车才得以继续前行。原来中哈两国铁路宽窄不一,中国的窄,哈萨克斯坦的宽。

铁路

据说,前苏联国家的铁路,都比国际标准要宽一些,是因为这些铁路大都是二战期间修建的,为防止别的国家的火车开进,前苏联故意把铁路修宽的。这就造成进前苏联国家的火车要换车轨,他们出来也要换车轨,只有前苏联国家之间畅通无阻。哈萨克斯坦的火车很老了,像我们 20 世纪六七十年代的。

阿拉木图

阿拉木图市是哈萨克斯坦首都,八十多万人口,整个城市仿佛建在丛林里,到处绿树成荫,像个大公园,很美很惬意。阿市的楼房都不高,一般都在五层左右,整个城市仅在总统府广场周围有几幢高楼大厦。据说,市政府为了保护树木,规定建筑物一般不允许高过树木,且间距要很宽,不能影响树木植物采光。

宾馆

在哈萨克斯坦住宾馆不能凭星级选择酒店,他们的三星级酒店仅相当于国内招待所,不过却非常整洁干净卫生。只是哈萨克斯坦人大多高大魁悟,而宾馆酒店的房间不大,关键是床都很小,仅长一米左右宽 1.8 米,睡觉不是头在外就是脚在外,要不就是一打滚掉地上。宾馆不供应开水和洗涮用具,连拖鞋也要自备。

交警的大喇叭

2008 年我在阿拉木图市区,经常看到交警车顶上背个大嗽叭,在各街道巡查,看到有车停路上,巡警就喊"靠边、靠边、靠边"。很多路的两边停满了车,大嗽叭比罚款单管用呢,不过,你可别误认为司机素质差,凡是有人过马路,司机就会停车让行人先走,决不和行人抢道,虽然路窄也很少堵车。

被宰

报载海南宰客饭馆被罚 50 万元，叫好同时也想到我们在阿拉木图被宰。那天我们几人天天被红菜汤灌得反胃了，忽然发现有卖新疆拌面的，高兴地二话不说每人要了一份（小到几口就吃完了），一结帐每人十美元，把我们吓得不轻。你别说，挨宰后反觉红菜汤特别好喝了！

图书馆

哈萨克斯坦国家图书馆外观很不起眼，但这里却是国家的文化中心，许多重要的国际性文化交流活动都在这里举办。馆长是总统的文化顾问。图书馆每天都有很多人看书，年轻人居多。馆内有一个五六十平米的中国馆，只是全是七八十年代左右的老书，仅有的百十本新书还是我们新疆的出版社捐赠的。

书店

哈萨克斯坦没有大的书店书城，但几乎每个超市商场里都卖书，我看到一个人买书就像买菜一样，一本一本往手推车里扔，直到堆满为止，然后又在书上放了几瓶罐头一条干鱼结账去了。哈萨克斯坦出版社都是私营的，规模不大，最大的原国家出版社也三十几个人，但他们出的书很精美，小到掌上书大到桌面书都有且大多精装本。

商店

阿拉木图的商店大多是小店铺，以日常百货为主，把哈币坚戈折算成人民币，东西比中国贵一两倍。市内最大的商场土耳其商城东西较多但更贵，属于有钱人光顾的地方。我在商城花了120美金给儿子买了一个阿迪达斯背包，回来儿子一看：中国制造，在国内几十元人民币就能买上！

钓鱼 1

一天，哈萨克斯坦的朋友请我去郊外钓鱼，在一条十来米宽、水流很急的河边，我在鱼钩上系了束红羊毛又吊了个铁块，几分钟就钓到一条红鳟鱼，一会功夫钓了十几条，每条都半斤左右。哈萨克斯坦朋友一条没钓上，跑到我跟前两眼圆睁盯着我，我还是只顾高兴一条又一条地钓，他突然冲上来夺了我的鱼杆扔在地上。

钓鱼 2

原来，我们钓的鱼是要按公斤向河区管理者付费的，我想朋友是心疼钱，就笑着要把桶里的活鱼往河里倒，又被他止住了。他说鱼嘴被鱼钩挂破了，放回河里也活不了了。虽然没有钓尽兴，但却给我上了一课，还是有意义的。回国后我每次钓鱼也再不贪了，钓到够吃一两顿就收杆。

反恐

到巴基斯坦反恐总部听取介绍后,才知道巴反恐对新疆的和谐稳定多么重要,他们把藏身在中巴边境的东突恐怖分子打击得几乎没有藏身之地。中国对巴给予了大量援助,但巴人民知恩图报,对中国有深厚的感情。不像有的国家,吃你的喝你的还用你的东西挖你的墙角。中国真应该加大对巴援助,巴是好朋友!

感动

巴基斯坦人民对中国非常友好。在国家独立纪念碑前,我们见到一队少年,他们从我们身边走过时,高兴地高呼"巴中友谊万岁"!我们无不感动。中国驻巴大使告诉我们,中国人在巴国,极受尊重和友爱,中巴友谊已渗透到普通人的骨子里了,无论哪个党派哪个民族的人,都对中国有亲戚一样的感情。巴基斯坦总理在接见我们时说:巴中友谊比山高,比海深,比钢硬。

友情

穆沙耶夫先生是巴基斯坦前新闻部长,退下来后他成立了巴中友谊学会,还办起"你好·中国"网站以及与中国合作的友邻出版社。在他家里,挂着中国水墨画,摆着中国漆器艺术品,还收藏着一本中国年画集和一张毛主席画像。

南非杂记 1

位于南非开普敦省奥兰治河畔的金伯利市有世界"钻石之都"美称,它是世界上第一个使用路灯的城市。1866 年一农场主的儿子在金伯利河滩上玩耍时捡到一个玻璃一样的石头并当做玩具,后来人们证实它是一颗重达 21.25 克拉的钻石!此后这里诞生了南非第一家钻石矿和钻石公司,也诞生了一座城市。

南非杂记 2

有趣的是，与南非金伯利一样有"黄金之都"之称的约翰内斯堡也是偶然诞生。1886 年 3 月的一天，苦于到处淘不到金子的哈里森在农场的草地上散步时被一块石头绊倒，他生气地朝石头踢了一脚，竟踢出了一个大金块！从此一股更猛烈的淘金潮风行南非，第一个大金矿在这里诞生了，一座城市也随之诞生了。

南非杂记 3

因为黄金和钻石，1899 年第二次英布战争爆发，尽管南非白人移民的后人布尔人与土著人一起奋力抵抗英国入侵，终于 1910 年南非四个政治实体开普共和国、纳塔尔共和国、德兰士瓦共和国和奥兰治共和国合并为英属"南非联邦"，并设立了行政首都、司法首都、立法首都，成为至今世界上唯一有三个首都的国家。

南非杂记 4

在从开普敦到好望角途中的海边餐厅我们终于见到并吃上了一只一斤多重的南非龙虾，一人一只美不胜收。开普敦的龙虾和鲍鱼很有名，不光龙虾个大味美，我竟见到了一个足有两斤重的巨鲍！据说开普敦海域是"富贵海"，不产小鱼小虾，只产龙虾、大鲍和金枪鱼、三文鱼等名贵海产品，远销世界各地。一只一斤多重的龙虾加工好约人民币600元。

南非杂记 5

开普敦是世界十大旅游名城之一，被誉为"非洲明珠"、"南半球花园"，是世界上最美丽的城市。开普敦原意是"海角之城"。世界地质奇观桌山是开普敦的标志，三面环海的独特地理使其有很多各具特色的海滩，人们尽可享受阳光、海水和清爽的空气。开普敦气候宜人，8~10月为春天，全年平均气温在15~20度之间。

南非杂记 6

桌山高 1087 米,长 1500 米、宽 200 米,山顶平坦形同一张长条饭桌,传说是上帝和他的十二个门徒用餐的桌子,被尊称为"上帝的餐桌"。神奇的是,桌山还有天气预报作用,当地人只要看见桌山上有旗云出现,第二天必刮风;山顶上平铺了一层白云,第二天必下雨。当地人说:山顶插上旗云说明上帝要外出了,风是上帝的坐骑;山顶平铺的白云是上帝的餐桌布,说明上帝要用餐了,雨是上帝饮用的甘露和美酒。

南非杂记 7

导游说,因为长期种族隔离的原因,生活在社会底层的土著黑人大部分还不识字不会算数,假如他叫卖 10 元的东西,你一定还价到 9 元,然后给他 20 元的钞票,他会先找给你一个 9 元,再找你一个 10 元,最后只花 1 元便买下了。起初我们不信,但在企鹅滩我买了 3 件木艺品,还价到每件 70 元,给了小贩三张 100 元钞票,谁知那个中年黑人妇女竟找我 130 元! 真不知她的帐是咋算的。我当然不会占她便宜,但这说明种族隔离政策真的把黑人愚昧了!

南非杂记 8

位于非洲大陆南部的南非共和国，又称黄金之国、世界矿库，其黄金和钻石著名于世。南非面积122万多平方公里，人口五千多万，其中70%为黑人，白人占12%左右，其他种族的人占10%左右，亚洲人占3%左右，主要使用英语和当地土著班图语。南非是世界上唯一有三个首都的国家，分别为行政首都、立法首都、司法首都。

南非杂记 9

1994年南非首次举行不分种族的总统大选，曼德拉当选首任黑人总统后，南非才取消长期的种族隔离政策，黑人终于有了和白人一样的政治地位和社会地位。但由于长期被殖民和被隔离，实际上至今黑人绝大部分还处于贫困的社会最底层，仍然受到歧视和隔离，白人社区、杂色人亚洲人社区、黑人社区径渭分明。

南非杂记 10

贫富悬殊导致南非严重的两极分化,极少数白人拥有大部分财产和机遇,形成了贫富两头大中间小的"倒流瓶"状况,给社会稳定带来严重威胁,黑社会势力猖獗、偷盗抢劫问题突出,影响了南非旅游业发展和招商引资。因此,让绝大多数人富起来、充许极少数富豪和贫困现象存在,才是固国强国的根本。

南非杂记 11

1994 年曼德拉就任南非总统后,取消种族隔离政策,推行各色人种平等自由政策。一夜之间,过去住在城外贫民窟的百万黑人涌进白人居住的约翰内斯堡城,白人纷纷撤出城市转入乡村或另建新城,银行、商场、大小公司也纷纷撤出城市转到白人新城区。因黑人没有管理城市的经验,如今的约堡老城垃圾乱堆小贩遍布。

南非杂记 12

1835—1854 年间，为了寻求自治，大约 2 万名以欧洲后裔为主的白人，经过长途跋涉从开普敦殖民地深入到南非腹地，并与当地土著黑人征战，最终签订合作协议。南非比勒陀利亚先民纪念堂为此事而建。这一白人与黑人冲突不断的白人迁徙之旅，史称"大迁徙"。历史学家沃克尔称之为"精神和寻梦之旅"，影响广泛而深远。

南非杂记 13

在先民纪念堂里有一组浮雕，讲述的是南非历史上著名的血河之战：1838 年当地黑人祖鲁人部落首领把白人布尔人领导者骗到部落，将他连同随从 101 人全部杀害。布尔人向祖鲁人发起报复战争，在 5 个小时的决战中，几百名布尔人竟打败了 1.5 万名祖鲁人，杀死祖鲁武士 3000 多人，鲜血染红了河流，史称血河战役。

南非杂记 14

克鲁格国家公园是南非最大的野生动物自然保护区，位于东北部德兰士瓦省，面积 2 万多平方公里，占全省面积的三分之一，生活着狮子、豹子、野象、角马、长颈鹿、羚羊、犀牛、河马等各种野生动物，保持着原始生态，是野生动物的乐园。这里的动物一律不准喂养，按动物界本来的弱肉强食的生存法则生存。

南非杂记 15

一百多年前的克鲁格总督管理南非时，对自然环境和野生动物保护制定了严格的法律，这些法律沿用至今，克鲁格国家公园因此得名。南非是没有死刑的国家，就算杀人也只能判终生监禁，但谁要在保护区猎杀野生动物，尤其像大象、长颈鹿、犀牛这样的珍贵动物，警察可以不经法院判决就地将盗猎者开枪打死。赞！

南非杂记 16

西方科学家研究发现,犀牛的角磨成粉末每天用开水冲服可有效预防癌症的发生。一时间犀牛角价高黄金。去年有个五人的盗猎团伙潜入克鲁格国家公园猎杀犀牛时被人发现,南非警方进行了大规模搜捕,最终将其中四人击毙,一人逃脱。在南非,食用和买卖野生动物都违法,野生动物受到了很好的保护。

南非杂记 17

羚羊是在南非数量最多的野生动物,丛林、草地甚至庄园附近经常可以看到它们成群悠然吃草的身影。它们对人并不害怕,有时我们走到距离十几米的地方拍照它们也不跑。有趣的是,有一只羚羊在离我们很近的地方看我们,还摆出各种姿势让我们拍,可爱极了。当地土著黑人把羚羊当做草原精灵和幸运女神。

南非杂记 18

当夕阳挂上克鲁格国家公园树梢的时候，喧闹了一天的公园开始安静下来，猫头鹰等夜间活动的动物活跃起来，大象、狮子、羚羊等动物都准备入睡了。偶尔传来一两声猴子的尖叫，划破了宁静的夜空，几只小鸟扑啦啦被惊飞起来，一会儿，又安静下来。夜幕降临了……

南非杂记 19

在开普敦街区草地的木椅上休息时，一只毛绒绒的小家伙窜到我跟前，伸出两只小爪向我要吃的。天呐！是只可爱的松鼠！我高兴地赶紧从包里摸出几粒杏仁给它，不料不知从哪窜出了五六只松鼠一下从我手上抢走了杏仁，可怜这只松鼠一粒也没吃上，它一直站在我跟前不肯走，睁圆眼睛看着我希望我再能摸出什么。

南非杂记 20

过去常在电视上看到南极企鹅，有一部我很喜欢的电影《帝企鹅日记》看了三遍。令人欣喜的是，在离开普敦二三十公里的海滩上有一群企鹅在玩耍，据说，这种热带企鹅只有开普敦地区的大西洋海岸能看到，是国家一级保护动物。这片海滩被命名为"企鹅滩"，人们可以近距离观赏企鹅，但严禁触摸打扰它们。

南非杂记 21

鸵鸟最早只生活在南部非洲，后经殖民者商船带往世界各地人工养殖。野生的鸵鸟目前也只有南非能见到。鸵鸟全身都是宝：蛋是富含蛋白质的食用品，壳可作工艺品，肉与牛肉营养相当，毛可作羽扇，曾经是皇族贵妇们身份的象征，皮可作女包、手包、钱包等，价格比 LV 包还贵，能显示名贵们的一种身份。

南非杂记 22

　　跳羚是南非国宝级动物，常见于开阔草原。跳羚群居，以草和树叶为食，即使在水源稀缺的地方也能生存。跳羚平均体重 40 公斤，无论公母头部都长角，一年四季都在繁殖，怀孕期为 6 个月。跳羚在草原上腾空跳跃所画出的弧线构成一道美丽的风景，也是这些羚羊得名跳羚的原因。因其屁股上有 M 纹，被黑人戏称为"麦当劳"。

南非杂记 23

　　可能是因为南非地大人稀，也可能是别的原因，南非到处都有高尔夫球场，不管任何人，只要交相当于人民币 300 元钱，就可以去打高尔夫。我对一个球场经理说在中国要交十几万乃至几十万元入会费才能打高尔夫球时，白人经理极不理解，问我：不能打高尔夫球，中国的平民都玩什么？同伴笑答：麻将！

南非杂记 24

南非钻石是世界上质地最好的,钻石质地分一档 ABC 二档 DEF 三档 GHI 等,一直分七档,所有的天然钻石都有瑕疵,所以几乎没有一档的钻石。以 0.5 克拉计不同档不同级的钻石价格相差可在数万元,所以不懂的人一般不敢轻易买钻。且经常有澳洲水钻、工业钻、人工合成钻(镐石)冒充南非天然钻,一旦上当吃的可就是巨亏。

南非杂记 25

开普敦是南非的司法首都,全国第二大城市,它背靠桌山,面向大西洋,风景秀丽,气候宜人,干净整洁,现代化高楼大厦与欧式洋楼、别墅相映成辉。这里白人、黑人、杂色人共处一城,成为城市的另一道风景。桌山是这座城市的标志,传说是上帝与他的十二个门徒用餐的桌子,也颇似西方人用餐的条桌。

南非杂记 26

南非一年中只有两个季节明显——夏季和冬季，6 月，正是初冬季节。冬季是南非的雨季，夜晚最低温度 5~6 度，白天最高温度 20 度左右，早晚温差很大，是气候最宜人的季节。开普敦市因地处大西洋冷空气与印度洋暖流交汇之地，全年平均温度 18 度左右，且四季绿草如茵鲜花灿烂，被誉为"上帝花园"。

南非杂记 27

在南非你会惊讶：这里完全不是从电影电视里看到的非洲——干枯的土地、贫穷半裸的土著黑人、低矮破旧的茅草屋……它不仅有一座座欧式现代化的城市，一个个洋楼别墅的庄园，更多是广袤的草原和原始丛林。走在南非，如同走在欧洲大地上一样。由于过去长期被西方宗主国殖民，这里几乎完全欧洲化了。

南非杂记 28

约翰内斯堡是南非的第一大城市，也是国家的行政首都。从建在高地上的总统府鸟瞰城市，如同在欣赏一幅欧洲古典油画。这里是南非乃至整个非洲的经济中心，在五百多万人口中，有三十多万中国人长年在做中国商品批发和餐馆生意，有五座中国商品批发城、百余家中国餐馆及数十家中资企业，为南非的经济发展做贡献。

南非杂记 29

从开普敦往北 90 公里，就是著名的好望角——"美好希望的海角"，但最初却称"风暴角"，是位于非洲最南端非常著名的岬角，据说在 1488 年，葡萄牙国王希望他的船队绕过这个角就带来好运，改为"好望角"。这里位于大西洋与印度洋的交汇处，强劲的西风急流掀起的惊涛巨浪常年不断，成为一道独特风景。

南非杂记 30

南非临印度洋的一处海湾,是鲸鱼经常出没的地方,这里的城市就叫鲸鱼市,城市的标志是一个巨大的鲸鱼雕塑。南非严禁捕鲸、食用鲸鱼肉和买卖鲸制品,据说全世界都严禁猎杀鲸鱼,只有日本仍在公开猎杀和食用鲸鱼肉。并不富裕的黑人尚且知道保护鲸鱼,真不知道吃鲸鱼肉富有的日本人在想什么。

新疆

新疆维吾尔自治区,简称新,位于中国西北边陲,面积 166 万平方千米,占中国国土面积的六分之一。新疆古称西域,自古以来就是中国不可分割的一部分。公元前 60 年,西汉中央政权设立西域都护府,新疆正式成为中国领土的一部分。1884 年清政府在新疆设省。1949 年新疆和平解放。1955 年 10 月 1 日成立新疆维吾尔自治区。

三山两盆

地域辽阔的新疆有着"三山夹两盆"的独特地形特点。最南边是昆仑山脉，最北边是阿尔泰山脉，中间横亘着天山山脉。天山与昆仑山之间是塔里木盆地，天山与阿尔泰山之间是准噶尔盆地。面积约33万平方千米、中国最大、世界第二的塔克拉玛干沙漠位于塔里木盆地中部，古尔班通古特沙漠位于准噶尔盆地中部。

南疆、北疆、东疆

天山把新疆分为南北两半，习惯上把天山以南称为南疆，有巴音郭楞、阿克苏、克孜勒苏、柯尔克孜、喀什、和田五个地州。天山以北称为北疆，有乌鲁木齐、昌吉、克拉玛依、伊犁、塔城、阿勒泰、博尔塔拉七个地州，俗称北疆七城市。而乌鲁木齐以东天山东段则称东疆，有吐鲁番和哈密两个地区，俗称东疆两地。

新疆的全国之最

新疆有许多全国之最：全盛时全长 2179 千米的塔里木河是我国最长的内陆河流；面积达 1100 平方千米的博斯腾湖是我国最大的内陆淡水湖；低于海平面 154 米的艾丁湖是中国内陆最低处；面积 33 万平方千米的塔克拉玛干沙漠是中国最大的沙漠；面积 4500 平方千米的阿尔金山自然保护区是中国最大的自然保护区……

新疆的山峰

新疆对外开放的海拔 5000 米以上的山峰有 11 座，是登山爱好者的乐园。分别是昆仑山的乔戈里峰（8861），加舒尔布鲁木山（8080），舒尔布鲁木山第二峰（8028），布洛阿特峰（8051），公格尔峰（7649），公格尔九别峰（7530），木孜塔格峰（6973），慕士塔格峰（7509），慕士山（6638）和天山托木尔峰（7443），博格达峰（5445）。

河的意思 1

读《新疆地名与传说故事》，记下了新疆河流的含义：塔里木河——维吾尔语"脱缰的野马"；阿克苏河——维吾尔语"白水河"；盖孜河——柯尔克孜语"分水岭"；和田河——蒙古语"玉的村邑"；玉龙喀什河——突厥语"白玉河"；喀喇喀什河——突厥语"黑玉河"；伊犁河——准噶尔蒙古语"光明显现"。

河的意思 2

喀什河——维吾尔语"眉毛"；特克斯河——蒙古语"野山羊众多的河"；巩乃斯河——蒙古语"踏地有声"；木扎尔特河——突厥语"冰河山口"；霍尔果斯河——蒙古语"粪蛋"；克里雅河——维吾尔语"村落"；安迪尔河——维吾尔语"河边的河"；瓦石峡河——维吾尔语"繁华"；开都河——蒙古语"曲折"。

河的意思 3

叶尔羌河——突厥语"朋友的村镇"或"崖上的城市";喀什噶尔河——突厥语"玉石集散地";克孜勒苏河——突厥语"红色的水";托什干河——维吾尔语"兔子河";吐曼河——维吾尔语"雾河";库车河——维吾尔语"明亮的河"或"白色的河";额尔齐斯河——突厥语"从峡谷湍急流出的河"。

河的意思 4

青格里河——蒙古语"快乐的河";乌伦古河——蒙古语"斑白的河湾";布尔津河——蒙古语"放公驼的地方";禾木河——蒙古语"骆驼的肩背";喀纳斯河——蒙古语"圣水";哈巴河——蒙古语"葫芦片鱼";额敏河——蒙古语"马鞍一样的河";呼图壁河——蒙古语"吉祥";玛纳斯河——蒙古语"巡逻者"。

新疆的特色名乡

新疆的特色名乡：葡萄之乡——吐鲁番，哈密瓜之乡——鄯善，香梨之乡——库尔勒，石榴之乡——叶城，无花果之乡——阿图什，巴旦木之乡——疏附，玉石之乡——和田，歌舞之乡——库车，农民画之乡——阿瓦提，白桦之乡——阿勒泰，塞外江南——伊犁，天马之乡——昭苏。

五彩城

五彩城是一个梦幻一样的地方，也是摄影爱好者拍摄雅丹地貌的理想国。以红、黄为主色调的一座座山丘，有的似城堡，有的似巨兽，有的似毡房，有的似盘龙……造型各异，千姿百态，人人其中，光怪陆离的色彩从四面八方涌来，如同走进了梦幻世界。有趣的是，从早到晚，随着光线的变化，五彩城的色彩也随之变化，那么突兀，那么强烈，那么丰富多彩，令人目眩。

火烧山

　　吉木萨尔镇内的黑色将军戈壁上有一片似燃烧的炭火一样的大小山丘——火烧山,传说是当年孙悟空一脚踢翻的炼丹炉里掉下的炭火。火烧山是大自然的杰作,在几十万年前的某个地质时期,这里沉积了很厚的煤层,由于地壳运动地表凸起煤层露出地表,在阳光和雷电的长期作用下煤层大面积自燃形成烧结岩,形成目前这种绚丽的景观。

仙境

　　九曲十八弯位于著名的巴音布鲁克天鹅保护区内,是天鹅湖的重要景点。九曲十八弯四周是常年白雪皑皑的山峰,冰雪融化的涓涓细流汇集成河,在巴音布鲁克草原上曲曲弯弯如银龙飞舞般自西向东日夜奔流。每年开春河水融化,数以千计的天鹅从南方飞来,在这里繁衍生息,它们时而嬉戏于碧波之上,时而鸣唱于白云之下,加之蓝天雪山草地的衬托,使九曲十八弯有人间仙境之美。这里是开都河的源头。

水磨沟公园 1

我发现,冬天的乌鲁木齐水磨沟公园别有一番景致:山上铺着厚厚的白雪,树上挂满毛绒绒的霜花,从温泉流出的冒着热气的湖水,蓝得像天,清澈见底,湖底一片一片油绿绿的水草在流水中轻柔地舞动着,一群又一群红的、金黄的、银白的、黑色的鱼儿在湖边畅游,在白雪和蓝水绿草的衬托下尤为显眼。一阵阵薄雾拂过水面,宛如童话世界。

水磨沟公园 2

早在二百多年前,清代驻军在此修建了一个水磨,位于东山之麓、红山之尾,水磨沟因而得名。在一条长达一千多米的奇特地震断裂层的峡谷之中,形成了塔山、温泉、小河、小湖及亭台庙宇和参天古木为主的人文与自然相映成趣的景区,成为乌鲁木齐人休闲度假的好去处。

红山

到乌鲁木齐的人必登红山,不登红山等于没来乌鲁木齐。山顶西侧悬崖峭壁上的九层青灰色砖塔,修建于1788年,与对面妖魔山上的镇妖塔遥相呼应。据说,过去乌鲁木齐河经常洪水泛滥,人们为镇住水妖,分别在红山和妖魔山一东一西两座山顶各修一塔,以保平安。如今,红山塔已成为乌鲁木齐的象征,当年洪水肆虐的乌鲁木齐河早已干枯成为今天的河滩公路。登上红山可一揽乌鲁木齐中心区,感受这座边塞城市的时代脚步。

达坂城古城

达坂城古称"嘉德城",是古西域的一座历史名城,现城西还有"破城子"遗址。近年在进城处修建了一座微型古城,据说是为拍某部电影而建的,成为一处景观。古城不远处有一几亩地的院落,院内有王洛宾头像雕像和哥哥赶着马车送妹妹出嫁的雕像,一排房子原是王洛宾纪念馆,早已被浙江人开发成专卖旅游产品的卖场。

达坂城的姑娘

"达坂城的姑娘辫子长啊，两个眼睛真漂亮。你要是嫁人不要嫁给别人，一定要嫁给我，带着你的嫁妆带着你的妹妹，赶上那马车来……"王洛宾一曲《达坂城的姑娘》使达坂城这个名不见经传的小地方名扬天下。国内外许多游人唱着歌儿走进达坂城，为的是一睹漂亮姑娘的风采，可当他们走遍大街小巷发现满眼"阿姨""村姑"时，当地人会笑着说：你来晚了，姑娘都带着嫁妆带着妹妹赶着马车嫁走了。

达坂城区

达坂城原来是乌鲁木齐市所属乌鲁木齐县的一个乡，后因旅游开发变成乌鲁木齐市的一个县级区，是唯一设在城区外的一个区，除开发旅游外，经济以农业为主，主要是瓜果蔬菜等经济作物。达坂城的蚕豆很有名，个大脆酥味正，很受欢迎。这里是城市里的乡村，乡村里的城市，真正有味的还是田园风光。

新疆的遗憾

说到达坂城就不能不提到王洛宾。王洛宾可以说是新疆的一张名片，凡来新疆的人都会问为什么不借名人炒作呢？其他因素不清楚，知道一家音像出版社在向中国音著协支付版权使用费后在唱片中收录了几首王洛宾的歌，后为此多次饱受官司之苦，现在一听到王洛宾就敬而远之。王洛宾是新疆走向世界的名人，也是新疆的遗憾。刘书环先生致力于弘扬王洛宾文化，令人敬佩！很多人想帮他，但又怕惹官司，留下许多遗憾。

天山神秘大峡谷 1

不久前在南非参观一处著名的大峡谷，虽然是称之为"大峡谷"，但岩石与流水之间给人的感觉还只能是"唯美"，相比库车境内的天山神秘大峡谷还是逊色多了。天山神秘大峡谷既有"大奇大美"也有"唯美"，更有神秘的感觉，可以说是大自然留给人类的奇迹。凡是到过天山神秘大峡谷的人，无不为之巧夺天工的奇景与雄伟所折服，真正是一处令人叹为观止的景观。

天山神秘大峡谷 2

　　天山神秘大峡谷是一处让你走进去就激动,出来更激动的地方,它令人激动之处一是大:从入口到尽头全长五千多米,最宽处不过百米,最窄出不足一米,似一把巨剑直插进山中,抬头仰望,悬崖如刀劈般陡峭,众多奇峰耸立。二是奇:细长的峡谷内到处是奇峰异石,既有巨大的"城堡",更有耸入天际的"如来佛"和"帝企鹅",令人称奇的是巨大的男根与女阴逼真至极,连阴毛处都长着爬地松和芦草,感叹苍天也是生殖崇拜啊。

天山神秘大峡谷 3

　　天山神秘大峡谷既有大奇大美也有唯美之处:进入峡谷便有"孔雀"开屏迎接你,"小兔子""小乌龟"以及小草、野花、色彩鲜丽的壁画,惟妙惟肖。有一个天井一样的山洞里,流水与滴水声宛如演奏着一首永不谢幕的《小夜曲》。沙地上,拇指大的一股泉水,在洁白的沙子上流淌了七八米后又钻进沙里,如一游动的小蛇,又如一行大地喜悦的眼泪。

天山神秘大峡谷 4

在天山神秘大峡谷的尽头山顶上,有一组令人感动的"雕塑":一个长发披肩、眉清目秀的青年女人头倚在男人肩上睡得正香,英俊的男子抬头眺望着远方,他们的右边,一只公鸡一只母鸡正带着一群小鸡嬉戏,他们左边一男一女两个孩童在做着游戏……耸立在山顶上的这一组"雕塑",无人不为其幸福的场景感动。我为之取名"远方的家"。

天山神秘大峡谷 5

天山神秘大峡谷是童话世界和神话世界相融合的地方,你看这边是"观音送子",脚下就是"小红帽"和"灰太狼";那座山上"孙悟空"正在"王子"的大殿前侧身小睡;更有趣的是一对"帝企鹅"在"玉皇大帝"那参加完宴会后因贪杯竟忘记了回家的路,跑到这天山上晒太阳来了,它俩翘首眺望着远方,还在找回家的路呢!嗨,看来它们酒还没醒,还在拼命地往北方张望呢,方向反着呢!

天山神秘大峡谷 6

导游介绍说天山神秘大峡谷内有三十多个景点。错。我从早上 8 点进谷，晚上 10 点出谷，发现至少有一百个景点。不夸张地说，只要你有心，就会发现抬头一景，回头一景，步步有景，几百个景点都可以找出来。这里应该是画家和摄影家的创作基地，也应该是童话作家的创作天堂。

喀纳斯笔记 1

布尔津，一个不足 2 万人的小城，干净整洁，房屋多为欧式建筑，白色罗马柱与红色、黄色相间的窗雕掩映在绿树丛中，如欧洲小镇。在瑞士日内瓦湖畔，我去过几个小镇，与布尔津无多大区别。额尔齐斯河与布尔津河在此交汇，水草丰美，鱼产丰盛。有"鱼来鱼往布尔津"和"童话布尔津"之称。

喀纳斯笔记 2

布尔津是蒙古语"水草茂盛的地方",历史上的北方丝绸之路交汇于此。成吉思汗西征后把这里赐给三儿子窝阔台做封地,元代属宗王昔里吉的封地,明代属卫拉特蒙古的瓦剌部,清代初年属厄鲁特蒙古准葛尔部,后改属和硕特、新土尔扈特、阿尔泰乌梁海杜尔伯特部,乾隆年间哈萨克部落迁于此地。

喀纳斯笔记 3

去喀纳斯旅游最好的时候是春、秋两季。5 月底至 6 月上旬,满山遍野的野芍药花和各种应季开放的野花把整个景区装扮成花的海洋,紫色的半人高的芍药花弥漫着醉人的香气,人入其中流连忘返。9 月底至 10 月上旬,桦树的叶子变成火红,杨树的叶子变成金黄,松树的叶子还吐着翠绿,油画的世界……

喀纳斯笔记 4

到喀纳斯旅游，最美的不是湖区而是沿途景观。区内森林草原相间，群落保持完好状态，一顶顶白色毡房、一片片白色羊群点缀在山下的草原上，牧羊的哈萨克人策马驰过毡房……这里自然垂直带谱明显，生态系统独特，自然风景优美，特别是新疆五针松、新疆冷杉为中国唯一分布区，沿途可谓一步一景！

喀纳斯笔记 5

景区内共有大小湖泊 319 个，均为冰川刨蚀而成。有 210 个保存完整的第四纪冰川，生长着 800 多种植物和近百种菌类，如冬虫夏草、平盖灵芝、花杉灵芝、牛肝菌、羊旺菌等珍稀菌类。有 39 种兽类和 117 种鸟类，其中雪豹、棕熊、雪兔、雪鸡等是国家级重点保护动物。这里具有很高的保护价值和科研价值。

喀纳斯笔记 6

喀纳斯是西伯利亚泰加林在中国唯一的延伸带，是中国唯一的古北界西伯利亚动植物分布区，是中国蒙古族图瓦人唯一的聚居地，是中国唯一的大陆性苔原地带，是中国唯一四国（中、哈、俄、蒙）接壤的自然保护区，是中国唯一北冰洋水系额尔齐斯河最大支流布尔津河的发源地，是中国唯一与瑞士风光相似的地区。

喀纳斯笔记 7

"谁知西域逢佳景，始信东君不世情。圆沼方池三百所，澄澄春水一池平。"耶律楚材随成吉思汗远征途经喀纳斯时被这壮丽景色所折服，留下千古佳句！喀纳斯湖形成于 20 万年前，形如弯月，属高山湖泊，为冰雪融化所成，长约 24.5 千米，平均宽度 2 千米，平均水深 90 千米，最深处 188.4 米。

喀纳斯笔记 8

　　海流滩草原——进入山区的第一道景观,四面环山,盆地内地势平坦,由多条溪流构成,其西北边缘的山地阴坡生长着茂密的云彬,从山地四周流入盆地的涓涓溪流汇入盆地中央,形成片片沼泽地。整个盆地浅草平铺,牛羊成群,毡房点点,一派宽阔坦荡的草原风光,为优良的避暑胜地。

喀纳斯笔记 9

　　贾登峪——蒙古语意为"贾登的房子",是喀纳斯的门户和通往景区的交通关口,为旅游接待和管理的大本营。传说贾登是一个勇敢而又心善的猎人,经常用猎物救济穷苦人家,后来人们发现贾登失踪了,便四处寻找但找不到他的踪影,便在这建一座木屋希望他回来时住下, 这便是贾登峪的来历。

喀纳斯笔记 10

　　驼颈湾——进入喀纳斯河谷的第一个景点,哈萨克语称之为"博托木依",意为"骆驼脖子",喀纳斯河在这里形成了一个恰似驼颈的大拐弯。河水湍急浪花飞溅,巨大的鹅卵石布满河床河滩,四周森林密布,主要树种有西伯利亚落叶松、西伯利亚云杉、欧洲山杨、疣枝桦以及密布的灌木,秋景醉人。

喀纳斯笔记 11

　　花楸谷——因西伯利亚花楸在此最为集中故得名。此为蔷薇科花楸,属小乔木,在中国仅分布于布尔津河上游,喜欢生长于云杉和冷杉混交林下,其树形优美,体态端直,叶为大型羽状复叶,极富观赏价值。由于它重要的经济和生态价值而被列为自治区级重点保护植物,从谷中驶过时可通过车窗观赏。

喀纳斯笔记 12

　　白桦林——位于喀纳斯河大桥两边的河谷冰碛堆积物上。白桦树的平均年龄在 150 年以上,森林覆盖率达 90% 以上。白桦树树干挺拔皮色光滑洁白,下垂的枝条飘逸修长,并随季节变化而改变色彩,被誉为"林中少女"。莽莽林海中的白桦林与奔腾呼啸的喀纳斯河水相映,奏出一曲美妙乐章。

喀纳斯笔记 13

　　卧龙湾——进入景区的第一个大景,也是代表性景点之一,是喀纳斯河流域的又一个湖泊,因河湾中心的一块植物茂盛的沙洲酷似一条巨龙静卧水中而得名。当地人称其为卡赞湖,即"锅底湖"。河两侧发育两个半岛状平台,上游为月牙形平台,下游为卧龙湾平台,河流两侧森林葱郁古木参天。

喀纳斯笔记 14

月亮湾——卧龙湾往上一千米即是,因其形如月牙儿而得名。月亮湾迂回蜿蜒于河谷间,水面平波如镜,两个酷似人脚印的小岛分布在湾的中部和上部,当地人称作"神仙脚印"。传说是当年西海龙王收复河怪时留下的脚印,目的是踩住河怪经脉永保当地平安。因湖水随光线不断变化又称"变色湖"。

喀纳斯笔记 15

圣泉——在月亮湾观景台不远处的路弯处,是公路东侧高山岩石裂隙淋滤下渗的泉水,涌水量仅为每秒为 0.3 升,泉水的碳酸根离子占阴离子总数的 95.6%,钙离子加镁离子占阳离子总数的 87.1%,为优良的天然饮用泉水。

喀纳斯笔记 16

神仙湾——是喀纳斯河从喀纳斯湖奔涌而出后形成的第一个湾湖，也是最大的湖，最宽处达七百多米。北岸有大片沼泽，野鸭水鸟众多，岸边松林茂密，西边台地上是一大块草地，一白色毡房里飘出袅袅炊烟，一群羊儿铺在湖畔，流动的湖水泛起鱼鳞般的波光，如同撒下了数不清的银片儿，如同仙境一般！

喀纳斯笔记 17

真正到了喀纳斯湖，并不惊心动魄，也不惊艳奇美，大山里的一池水而已，四个字"青山绿水"尽可概括。说喀纳斯湖是"东方日内瓦"，确像日内瓦湖不远山间的小日内瓦湖，比那个湖还要壮美些。喀纳斯湖的美是要登高鸟瞰才能感受到的，那才是无与伦比的大奇大美！要饱眼福，上观鱼亭去！

喀纳斯笔记 18

关于湖怪,26 年前喀纳斯还没有开发时,我就在湖边的小木屋旁听一位满头白发银须飘至胸前的八十多岁的当地老人讲过,他亲眼看见的湖怪窜出水面的脖子就有松树那么高,一匹在湖边饮水的马被湖怪一口就叼到湖里去了。按他当时描述的情况,湖怪应是大嘴巴长脖子类的东西,并不像什么鱼类。

喀纳斯笔记 19

那是一个从小在湖边长大的老人,从没出过山也没看过报纸电视,我惊异他描述的湖怪就是一个恐龙样子,我画了一个从湖里伸出长脖子的恐龙,老人说我画得真像。另一个据说见过湖怪的老人也说是个长脖子的东西,并肯定说我画的就是那个湖怪。可为什么后来考察成了巨鱼呢?湖怪到底有没有呢?

喀纳斯笔记 20

我第二次去喀纳斯湖是 5 年后,两个自称亲眼目睹湖怪的老人都已去逝,我带去了各种恐龙的图片,问了不少当地人都说没见过。后来我一共去了 112 次喀纳斯,问询了不下百人,再没有找到目睹长脖子湖怪的人。虽然都各有说法,但我敢肯定他们没有一个人亲眼见过。我还是怀疑湖怪是大鱼的说法。

喀纳斯笔记 21

有些人看到的鱼游波和红影子,我在观鱼亭上都看到过,也确看到有很长的鱼影游过水面,划出游艇驶过一样的波纹,但我确信那不是一条大鱼,而是一个鱼群,否则,那鱼也大得太离谱了,恐怕最大的鲸鱼也没那么大吧?那湖里到底有什么呢?我不信,就那么大一个湖,依靠现代技术查不出来?!

喀纳斯笔记 22

就在我对所谓湖怪认为不过是个传说时,两天前中央电视台科教频道又在播湖怪之谜,结论或是大鱼或不是大鱼,这么多目击者和科学家说了最后又等于什么都没说。我相信有湖怪是因为我相信那两个早已逝去的老人,因为他们相隔两个村落却能描述得基本一致,再说,他们没有骗我们的理由呀?!

喀纳斯笔记 23

但我不相信所谓湖怪的理由更多,其中一条足够:海洋都能探秘,真就在区区一湖上没着了?其实,有没有湖怪并不重要,也没必要用湖怪去抄作,因为喀纳斯本身惊世骇俗之美,足以让人叹为观止了!大自然自身的美,是不需要任何装饰点缀的,画龙点睛与画蛇添足对大自然来说都是多余。

喀纳斯笔记 24

图瓦人在中国境内共有 2800 多人，全部生活在喀纳斯保护区内，主要分布在禾木村、喀纳斯村、白哈巴村三个村落。图瓦人讲蒙古语，文字为蒙古文，很多人家中挂成吉思汗画像，视成吉思汗为保护他们的神灵。图瓦人体形相貌及服饰和生活习俗与蒙古人接近，在中国称之为蒙古族图瓦人。

喀纳斯笔记 25

关于图瓦人的来历我听过两种说法，其中一种说是当年成吉思汗大军西征时曾在喀纳斯过冬，并将不能继续行军打仗的伤兵留在了喀纳斯，这些人与当地人成婚繁衍成今天的图瓦人。按照这个说法，图瓦人应是混血人，有蒙古族血统，那另外一部分血统是什么人的？当时的当地人是什么民族的人呢？

喀纳斯笔记 26

在白哈巴村有一个叫索伦格的老人,曾经是县教育局副局长,是图瓦人中官位最高学问最大的人,退休后他回到部落潜心研究图瓦历史和文化。据索伦格的研究,图瓦人是从伏尔加河流域迁来的游牧民族,后与蒙古人杂居,形成今天的蒙古族图瓦人。图瓦人过去是有自己的语言文字的。

喀纳斯笔记 27

我比较赞同索伦格的说法,理由是:1.历史上沙皇俄国时期把伏尔加河流域的图瓦族人进行过大规模驱赶,在白哈巴河流域的图瓦人对俄军进行了顽强抵抗并获得胜利,才在今天的喀纳斯地区定居下来,并一直保卫着这片领土和家园。只是因为在崇山峻岭中,他们长期与外界失去了联系。

喀纳斯笔记28

2.在今天的俄罗斯联邦中有一个图瓦共和国，是一个以图瓦族人为主体民族的地区，该国总理曾派他女儿到白哈巴村看望这里的图瓦人并拜访索伦格老人。这说明图瓦人在历史上确实是一个规模不小的民族，只是我国境内的这一支图瓦人被蒙古人同化了，以这个意义上说，叫他们蒙古族图瓦人更合适了。

喀纳斯笔记29

3.据我对图瓦人生活习俗的观察，他们有独特的地方：他们有毡房，但居住木屋，这种木屋的结构样式与今天伏尔加河流域的木屋很像；他们睡坑和床，式样与蒙古族不尽相同；在喀纳斯区域的图瓦人流传有一种叫楚吾尔的古老音乐，乐器和吹奏方式是图瓦人所独有的，但音调却有蒙古音乐味道。

喀纳斯笔记 30

关于为什么在中国境内的图瓦人人数旺盛不起来，我个人认为与酒有关。因为生活在山区，图瓦人喜饮酒，酒能祛体内寒气。但他们喝酒太过，男的喝，女的喝，就连刚会骑马的小孩也喝酒，而且喝起酒来不醉不休，这种喝酒方式已严重影响了身体尤其是生育功能。"会骑马的就会喝酒"并不是好事。

喀纳斯笔记 31

曾听一个乡领导说，县里为帮助图瓦人尽快脱贫，种地的化肥都一袋袋送到地头，但第二天一看，化肥没撒进地里，都被扛到商店换酒喝了。酒是影响生育的一个重要原因，所以图瓦人的生育率都不高。再有，一共几个部落两千多人，几百年下来近亲结婚的不在少数，也影响了民族的繁衍。

喀纳斯笔记 32

但今天的图瓦人已不可同日而语了，旅游的开发和来来往往的游人带给图瓦人全新的视野，他们把木屋变成旅馆，把牧羊的马也用来搞旅游创收。26 年前我去图瓦人家吃住几天都不要钱，给他们钱还不高兴。今年又去喀纳斯，一壶奶茶 20 元钱。我认为这是好事，是一个民族的进步，图瓦人在变了。

喀纳斯笔记 33

在图瓦人之前，喀纳斯地区是什么人在生活呢？在湖东岸一道湾处有一组岩画，高出湖面 50~60 米，上面刻有野鸡、山羊、野猪、鹿等动物图形，在另一处岩石上，刻有马、牛、羊、狗等动物图形，而且类似的岩画在喀纳斯有十几处，这足以说明，这里更早有人类活动，并且是以打猎和放牧为主的民族。

喀纳斯笔记 34

此外,在大喀纳斯区内——去景区路上的右侧草地上立着几尊草原石人,这种石人与整个阿尔泰地区发现的石人同属一个时代,是以打猎和游牧为主的塞种人留下的文明,岩画风格也与塞种人的一样,多为狩猎和动物图形。由此看,喀纳斯地区生活过塞种人或至少塞种人在此居住过。历史真是一瞬间!

图瓦人

图瓦人历史悠久,《隋书》《新唐书》《蒙古秘史》等古代历史文献中都把图瓦人当做我国境内的一个古老民族。图瓦人在历史上先后被称为都播、萨颜、索约特、土巴、乌梁海等,在近代史上又被称为德瓦、德巴、秃巴思和图瓦。我国境内的图瓦人全部分布在阿勒泰山区,人口2800人左右。

白哈巴村 1

白哈巴村静静地坐落在喀纳斯的丛山峻岭之中。图瓦人与这村落一起,早已融进这大自然最美的画卷之中。他们是大山的主人,他们是森林的儿子。山中多雨,雨后天晴,一条彩虹似当空舞起的彩练,一头系着山腰一头牵着树梢,把图瓦人的村落紧紧拥抱。大山、松林、草原,以及当空舞出的彩虹,是他们无尽的情感!

白哈巴村 2

"哈巴"是蒙语中的河名。白哈巴位于距喀纳斯湖 18 千米的中哈交界处,这里地处阿尔泰山西南麓,崇山峻岭环抱,松林如海,绿草如毡,遍野鲜花烂漫,气候凉爽宜人。尤其是山谷间错落有致的一幢幢炊烟袅袅的木屋,构成了喀纳斯景区极富特色的风情画卷,因而,有"东方日内瓦"美称。

阿尔泰山

海拔 4000 米的阿尔泰山是一条西北至东西走向的跨国山脉,西起东经 82°,东止东经 106°,长约 1600 千米。山势西北高峻宽阔,东南低矮狭窄。海拔 4374 米的友谊峰为群峰之最,矗立在中国、俄罗斯、蒙古三国交界处。在我国境内的阿尔泰山为其中段南麓,长约 800 千米,自西向东分布在富蕴、布尔津等县市北部。

额尔齐斯河 1

额尔齐斯河是我国唯一一条自东向西流入北冰洋的外流河。它发源于阿尔泰山东段南麓、富蕴县北部海拔 3500 米的齐格尔台达坂,在哈巴河县海拔 4000 米的北湾流出国境,继而经斋桑湖、鄂毕河,最后注入北冰洋。额尔齐斯河源头至河口,总长 29694 米,流域面积 10.7 万平方千米,是我国唯一属于北冰洋水系的外流河。

额尔齐斯河 2

据史书记载，成吉思汗曾六次兵过阿尔泰山，每次都要在额尔齐斯河畔休息整军，长春真人丘处机曾写下三首著名的阿山诗，其中一首为"金山南面大河流，河曲盘垣赏素秋。秋水暮天山月上，清吟独啸夜光球。"这首诗描写了额尔齐斯河的秋夜风光，寄托了诗人对祖国边疆河山的无限热爱。

额尔齐斯河 3

额尔齐斯河流域是一个木材宝库，有落叶松、云杉、桦树、杨树、柳树等几十种树木，其杨树是世界四大杨树基因库之一，有银白杨、银灰杨、黑杨等品种。那里出产党参、牛黄、大黄等几十种药材，有熊、鹿、狼、黄羊、狐狸、猞猁等动物自由而快乐地生活，河狸、疣鼻天鹅等珍禽异兽嬉戏水中，使额河别具景致。

哈萨克族 1

在额尔齐斯河流域的辽阔草原上，千百年来，生活着一个勤劳、纯朴的民族——哈萨克族。哈萨克族逐水草而居，牧牛羊为生，歌和马是他们的翅膀。

哈萨克族 2

哈萨克族生活的环境优美，高山、大河、森林、美丽辽阔的草原，间杂着一些沙漠戈壁，策马扬鞭其中，尽可欣赏美不胜收的景色。哈萨克人热爱生活，乐观向上，千百年来，草原遍地都洒满了他们的情爱。

哈萨克族 3

19 世纪哈萨克族著名诗人依不拉音·阿不敏沙林在《四月·沉醉的大地》一诗中淋漓尽致地表现了这种情感：

雁声，微传自遥远的晴空，

时雨，从山谷似瀑布般奔流，

高原上，雪花酿就的明湖，

在柔丽的云光下闪耀。

生活，一切仿佛在水蒸汽里，

天边的旷野正迷醉于新绿的芳香。

诗人对草原醉人景象的描写，再现哈萨克人热爱大自然，崇尚大自然，愿与大自然融为一体的乐观态度。

哈萨克族 4

哈萨克族是著名的游牧民族之一。几千年来哈萨克族都有发达的畜牧业,他们培育养殖了马、牛、骆驼、绵羊、山羊等牲畜,日常饮食以肉、乳、乳制品为主,辅之以面食、小米等。闻名中外的哈萨克马,被汉武帝赞称为天马、西极马,这些优良马种为发展生产、保卫领土、巩固边防发挥了重要作用。

哈萨克族 5

"姑娘追"是哈萨克人独特的马术活动,大多在节日、婚礼等喜庆的日子举行。去的时候小伙子可以随便和姑娘开玩笑,到达指定地点后小伙子要立即纵马急驰往回返,姑娘则在后面紧追不舍,追上后便用马鞭在小伙子头上频频挥绕,甚至可以抽打,以报复小伙子的调笑,喜欢就轻抽,不喜欢则狠抽他,小伙子不能还手。

哈萨克族 6

哈萨克族人民在历史上一直和汉族人民团结友爱,相互学习。在张骞出使西域以前,从中原至北方草原又西经哈萨克草原的玉石和丝绸之路早已存在。远在商周之时汉文化已经和哈萨克文化有过长远的交流和融汇。汉唐时,汉文化更广泛传播到哈萨克草原,到蒙元统治哈萨克草原时期,更有大量哈萨克人到汉区学习。

哈萨克族 7

哈萨克族人以热情好客闻名于世,对尊贵客人要宰杀"没有结婚"的羊,炖手抓肉接待。炖好的整个羊头和肉要一起端上,把羊脸上的肉双手捧给最尊贵的客人或老人,意思是"很有面子"。把羊耳朵给年龄最小的小孩,意思是"要听话"。然后大家用牛角或碗轮着大口喝酒,席间主人会弹起冬不拉唱祝酒歌。

色买提杏

读《英吉沙文史》方知"赛买提杏"应为"色买提杏"。三百年前一个叫色买提的维吾尔族老人在讨饭路上因饥饿摘了一个又苦又涩的野杏充饥,他把杏核带回家种在院子里,长成一棵满枝挂满又大又甜果实的杏树。老人把果实送给左邻右舍,家家种起杏树而且越来越多。人们就把这种又大又甜的杏叫"色买提杏"。

杏花开了

漫山遍野、铺天盖地的色买提杏使英吉沙县成为色买提杏之乡,名符其实的"中国第一杏园"。色买提杏平均单果重达 40 克,最大重 90 克,果实肥硕,肉质鲜美,多汁甜蜜,肉可鲜食干食,杏仁有止咳平喘润肠通便功效。杏花开了,吃色买提杏的季节不远了。

达瓦孜

达瓦孜古称"走索",起源于两千多年前的西域,汉代传入中原,目前在中原地区已失传。新疆目前仅有英吉沙的吾守尔家族仍在表演这项高难度的民间喜爱的杂技活动,从其第一代艺人至今已有四百三十年历史。现国家一级演员阿迪力·吾守尔的达瓦孜表演曾多次破吉尼斯世界纪录,使新疆古老的达瓦孜艺术蜚声海内外。

英吉沙小刀

英吉沙小刀是著名的民族工艺品,是新疆的代表性特产,与伊犁沙木萨克折刀、焉耆陈正套刀、沙车买买提折刀并称"新疆四大名刀",并居首位。英吉沙小刀生产已有三四百年历史,其大小不一,小至2寸大至半米以上,一般为10~20厘米。因其用材独特,造形各异,做工精细,实用而又美观,深受人们喜爱。

英吉沙维吾尔族土陶

英吉沙维吾尔族土陶既是方便实用的生活用品，也是极具收藏价值的民间工艺美术品。它利用自然的黏土在不经过任何加工、不加放任何配料的情况下，以手工制作成七十多种器皿。土陶的纹饰均为抽象图形和植物、几何形态，在形制上以穹隆顶居多，可谓东西方文化融合的活样板。英吉沙维吾尔族土陶文化应传承发扬好。

戈壁彩玉

北屯的戈壁彩玉因其质地细润，色彩艳丽，油脂度高而备受人们喜爱，近两年收藏的人越来越多，价格也一路走高。好的彩玉原石已卖到一万多元。北屯人、克拉玛依人捡玉成风，如今已很难捡到彩玉了。我在苏州玉器城见到这种极品彩玉，一对标价 16 万元。新疆的戈壁彩玉被内地人廉价收走又高价卖出了，可叹啊！

红旗拉甫 1

红旗拉甫,意为"血谷",是昔日盗贼出没之地,也是战争频发之地。中巴国际界碑 7 号碑作为中巴公路 314 国道的终点,高高立在海拔 5100 米的一处山包顶上。这是古老、神秘、充满传奇色彩、一切被视为"万山堆积雪,积雪压万山"的神秘禁区的红色国门,自 1986 年 5 月 1 日开放以来成为游客大饱眼福的旅游胜地。

红旗拉甫 2

红旗拉甫左右两边是高耸的雪山,有"一夫当关万夫莫开"的雄势,地理位置十分重要。《旧唐书·高仙芝传》记载,747 年吐蕃势力占据葱岭以西,阻断了丝绸之路及唐朝与安息一带来往,唐玄宗派高仙芝率骑兵一万从龟兹国出发,历时八八六十四天到达葱岭,又经七七四十九天撕杀,终使丝绸之路红旗拉甫古道重见天日。

额尔齐斯河日出 1

　　近处的灌木和河对岸的树影渐渐清晰了,树干和叶子都映画出来。盖着黑纱静静憨睡的河,被树儿倒影的枝条轻轻摇醒,揉着惺松的眼睛醒来,轻柔地揭去盖在身上的黑纱,露出她冰洁玉柔的肌肤。仅一会儿功夫,河水害羞了,赶紧扯来一件轻纱一瞧,河面上飘起一层薄薄的乳汁一样洁白的雾,把刚去触摸河水的树的影子也一起捂在怀里了。

额尔齐斯河日出 2

　　万道霞光映红了天边,映红了半个天空。霞光似织机上的一缕缕彩丝,从天空到大地,把万物都给织住了。太阳用她那空气一样灵巧和透明的手,比机梭还快地编织出画卷:披了霞光的河水,变换着各种颜色地展开这幅画卷,像一河水彩在流动,不时地变换着图景;又像是长长的屏幕,播映日出壮美的画面。

塔吉克人与鹰　故事 1

相传有一个叫瓦发的猎人，父母被巴依压迫惨死后，巴依又想弄死他。与他朝夕相处的猎鹰含泪让瓦发杀死自己，并取骨制笛。瓦发含泪杀鹰并用其翅骨做成一支笛子，笛声一响，无数猎鹰就从四面八方飞来猛啄巴依，巴依不住求饶并答应把财产分给穷人不再压迫人民。猎鹰为图瓦报了仇，人民也得到安宁。

塔吉克人与鹰　故事 2

相传巴依家有一对青年男女奴仆，他们相爱之事被巴依知晓。一天半夜，他们逃了出来，巴依用箭射死了姑娘。姑娘变成了一只鹰，在找巴依报仇时负了伤，临死前留下遗言，让心上人用其翅骨做一支笛子，使笛声成为他们爱情永久的见证。

塔吉克人与鹰 故事3

据说有一次外国侵略者入侵塔吉克山村,牧民陷入绝境。此时牧民们忍痛按雄鹰的要求将其杀死,并将其翅骨做成笛子。塔吉克人吹响鹰笛,笛声悲壮激越,裂石穿云。人们从四面八万纷纷赶来援救自己的兄弟,无数雄鹰也加入到战斗的行列,终于赶走了侵略者……

塔吉克族礼仪

塔吉克族人的礼仪很特别:同龄男人见面时,两人左右手相握,然后交叉举起,互吻手背。上了年纪的女性则伸头互碰一下鼻子,女性小辈则吻男性长辈的手心。尊贵客人进门,要往他身上洒一点面粉。据说这种礼节只有塔吉克人才有,就连进屋土炕上落座也是男的坐左边,女的坐右边,老者坐上边,幼者坐下边。

塔吉克族歌舞

中国的塔吉克族是个能歌善舞、热情好客的民族,他们经常举行各种歌舞活动。他们用鹰翅骨制成笛子,用牦牛皮做成手鼓,男人吹笛,女人打鼓,男女老少一起跳鹰舞。他们随意地演奏,尽情地舞蹈,场面热烈奔放。

别克

别克是我小学时的哈萨克族同学。60年前当一辆汽车开进阿勒泰草原,开到别克爷爷的毡房门口时,爷爷惊讶无比,赶紧割了一捆鲜草放在车头让汽车吃。40年前,别克的父亲牵了一头牛来我家,为的是换回一台收音机。20年前,别克请我到家里,庆祝他家搬迁定居。如今,别克的女儿回到草原办了一个旅游接待点。

温倩沐

别克的女儿温倩沐（花蕾）出落得天鹅一样美丽。从乌鲁木齐一所大学旅游专业毕业后，她没有留在城市，而是又回到阿勒泰草原，和对象阿尔达克办起了草原山庄，生意很红火。别克很高兴，逢人便说：送出去了一个大学生，带回来两个大学生，我的克斯巴郎子（女孩子）佳克斯（好）！

草原山庄

每晚，温倩沐的草原山庄都表演哈萨克族传统歌舞。在那里，我第一次看到了哈萨克族古老的叙事舞蹈——熊舞。表演者将熊皮套在身上装扮成熊，模仿熊的动作或卧或立或走或张牙舞爪，讲述熊和一只野山羊斗智斗勇的故事。据说熊舞已经失传，如今又能看到熊舞，真大饱眼福。熊舞已列入自治区非物质文化遗产。

蝴蝶沟

从草原山庄沿克兰河北上就是著名的蝴蝶沟，这里四周高山环绕，冬暖夏凉，有林木、泉水、芳草、鲜花。每年6~7月间，数以万计的彩蝶在沟中聚集，密密麻麻，五彩缤纷。据调查，有眼蝶、绢蝶、豹眼蛱蝶、荨麻蛱蝶、黄凤蝶等上百个品种。游人来此观碟赏花，常常沉醉其中，乐而忘返。

额尔德什老人

我在喀纳斯湖畔为额尔德什老人拍的最后一张照片，也许是他生前最后的留影。这位用芦杆制成笛会完整吹奏14首古老"楚吾尔"的图瓦人是这种古老民族音乐的最后传人。那天老人专门穿起盛装忍着病痛专门到喀纳斯湖畔为我们吹奏了《黑骏马》等完整的14首古乐，我们完整录制下来。没多久老人就去世了。

牙森

牙森的妹妹帕提古丽,如今是他唯一的徒弟也是最好的帮手,这种在和田流传了几百年的制毡手艺现在已很少有人愿意学愿意做了。牙森家族已有三百年的家传制毡历史。心灵手巧的帕提古丽看哥哥没有徒弟一个人做太辛苦,便自愿当了哥哥的徒弟,现在她的制毡手艺已不比哥哥差了。她说:这是祖传的手艺,要传下去!

帕提古丽

从帕提古丽姐妹身上我体会到,无论是贫穷还是富有,无论是城市还是乡村,对美好理想追求的坚定信念是每个人的动力源泉,有了这种动力,贫困和磨难再多也压不垮人,而没有这种动力,再富有的人也会颓废。每个人都要走在路上,无论是平坦的还是曲折的,重要的是自己一步一步地走下去,走出一条路来!

老人

老人从乡下来到城里，用他小时候学过的手艺做糖葫芦卖，一元钱一元钱地攒着，风雨无阻。儿子在这所城市里读大学，供完了大学还要买车买房子，然后娶妻成家。老人盘算着，要卖多少糖葫芦？老伴在村里种地养猪攒钱，他卖糖葫芦攒钱，可让儿子真正落脚城里还是遥遥无期。老人在想：这城里倒底有啥好呢？

艾尔肯大叔

艾尔肯大叔家院子里的两棵石榴树每年都结很多又大又甜又红的石榴，艾尔肯大叔将吃不完的石榴拿到巴扎上卖，不论你买不买，只要你到他跟前说："这石榴真大呀"，艾尔肯大叔马上掰一大块石榴让你品尝，看到你被石榴甜蜜的样儿，他会开心地大笑起来。艾尔肯大叔的石榴几乎有一半是送人品尝了，他觉得很开心。

艾尔肯大叔的小女儿

艾尔肯大叔的小女儿现在读初三了,也像她姐姐一样喜欢唱歌跳舞。当然,维吾尔族本来就是喜爱歌舞的民族,能歌善舞是他们的天性。小女儿现在学习双语,成绩在班里数一数二,她们的学费书费都是国家负担,艾尔肯大叔几乎没有什么负担。小女儿将来想考中央音乐学院,她的梦想是当歌唱家,把民族音乐传承好。

艾尔肯的父亲

艾尔肯的父亲虽然 87 岁高龄了,可身体仍然硬梆梆的几乎没有什么毛病。他喜欢每天到艾提尕尔清真寺广场上义务为外地游客指路或介绍清真寺的历史。现在喀什建特区,全国各地世界各地来喀什旅游观光的人越来越多,为了义务给游客服务好,老人家不仅学会了汉语还学会了一些英语,外国人尤其喜欢和他合影呢!

艾尔肯大叔的儿子

艾尔肯大叔的儿子在和巴基斯坦人做和田地毯生意，经常往来于中国和巴基斯坦之间，儿媳妇带着 4 岁的孙子和他们一起过。孙子很可爱也很调皮，儿媳带好孙子的同时照顾好三个老人和上初三的小姑子，他们家庭非常和睦，日子也越来越好。爷爷想让他们再生个女儿，他们想等到儿子上学了再说，一个已经够忙活了。

艾尔肯大叔的儿媳

小姑子和嫂子像姐妹俩，不仅关系非常亲密，俩人配合也非常好。小姑子一放学就帮嫂子干活带孩子，姑嫂俩把个八口之家打理得井井有条。自从儿媳妇过门以来，艾尔肯老俩口就再不操心家里的事了，他和老伴伺弄的那两亩多院子地，有瓜有菜有石榴还有杏子，累不着可也闲不住，他们尤其喜欢逛巴扎。

艾尔肯大叔的老哥们

平时，艾尔肯大叔喜欢到库尔班大叔家，一帮老哥们在葡萄架下，扯着嗓子打着鼓弹着琴地唱木卡姆。木卡姆是维吾尔族古老的说唱艺术，深受百姓喜爱，这种古老的民间艺术口口相传了上千年。艾尔大叔是听着木卡姆长大的，从小就会唱了。他说他很担心，因为现在的年轻人不好好学唱木卡姆，应该将民族艺术传承好。

是鸽子就让她飞吧

最近，艾尔肯大叔特别高兴，因为小女儿买哈巴考上内地高中班，很快就会去大城市上海念高中了。一家人都为小女儿高兴。在上海上学包括食宿的费用都是国家承担，买哈巴离到北京上中央音乐学院的梦想实现更近了。艾尔肯大叔很开通，他说姑娘长大了早晚要飞走，中国那么大天空那么大，是鸽子就让她飞吧。

辑四

1985·淘金纪事

1

每次说起我的淘金经历，听的人大多持好奇和怀疑态度。好奇的是故事充满传奇，怀疑的是我是否真淘过金。我在京读书的儿子，偶尔听我淘金的故事，建议我用微博每天写点给他看。这是一个好主意，不光他看，还可以与网友们分享。从今天起我每天写点 1985 年淘金时我经历和听到的事。

2

阿尔泰山有 72 条沟，沟沟有黄金。这话一点不假。1983~1988 年高峰期，整个阿尔泰山据说有来自全国各地的百万淘金大军，这些人被称为"金客"。我去淘金的锡伯渡，上下 10 公里的额尔齐斯河两岸，是 72 条金沟之一，1985 年的整个淘金季就有十万金客在寻求一夜暴富的梦想。当然，我也是其中之一。

3

奔涌的额尔齐斯河发源于阿尔泰山南麓，自富蕴冲出山谷后就一路向西直奔，是我国唯一一条自东向西流入北冰洋的外流河。汹涌的河水从大山里奔出后不仅带来各种奇异的卵石，还带来了阿尔泰山里的黄金。当河水进入黑山头后，有80公里的开阔平坦地段，河水平静下来，黄金也沉落到两岸。

4

锡伯渡就处于这段平缓河流的中部，又由于河水在这里转了几个大弯，夹杂在混浊沙泥里的黄金便大多沉落这一区域，这里便成了一条富矿区。我就出生在这里，一直到12岁全家离开。只是，我们过去一直生活在金矿上，却不知道有黄金，当1985年6月我重回故居时，锡伯渡已变成一个极热闹的金区。

5

锡伯渡过去是一个古渡口，河的南面是广阔的平原地区，河的北面是连绵起伏的阿尔泰山脉，山里草木丰盛，是优良的夏季牧场。福海县各牧点的牛羊，每年春季从这渡河上山，秋季又渡河下山，平时南来北往的人车不断，因而，别看这里仅是十几户人家的小连队，却一年四季热闹非凡。

6

当年在阿尔泰山淘金有两种，一种是在山里开矿碎石洗金，淘得的金子称为沙金。沙金大多沙粒大小，也有米粒大小，最大个体不过黄豆大小。沙金质地较好，色泽纯正，含金量高，是上品货色。但是开采沙金难度大，一要找准矿脉，二要开山炸石挖洞，三要有专门的设备，四是用工多，五是风险大。

7

开山淘金是极辛苦极危险的。小的几十号人,大的上百号人,挖洞的、运料的、碎石的、洗金的,分工明确团体作战。其中挖矿和运料风险最大,是把脑袋拴在裤腰带上讨饭吃。山洞最大不过两米高,有的只容人一个一个地爬进爬出,把石头一块块钎下来,再一块块背出去,稍有不慎就会被砸伤或砸死。

8

那年头好像所有人的命都不值钱,值钱的只是金子。金客们怀揣发财梦,老的少的,男的女的,很多是全家老小从河南、四川、甘肃、河北、黑龙江等地蜂拥而至,没人清楚到底有多少人家,生活在哪里,叫什么名字。在金区死人事件天天发生,人们早习以为常。据说有一个矿塌顶一下埋了十几个人,就直接封洞了事。

9

不光是开山矿人死得多，在河边淘金死人也经常发生。因为开山矿难度大，更多人选择在河边淘金，但是河边地盘有限，血拼地盘之战随时上演，今天一帮甘肃人打跑了河北人，明天一帮河南人又打跑了甘肃人，后天又不知哪跑来一帮人。有一次当地人打捞淹死的职工，一公里河道里捞出好几具尸体。

10

在金区处理命案的方式很简单，干活中砸死或淹死的，老板给其家人顶多 50 克黄金，抢地盘被打死的，工头和金客凑资每人顶多 30 克黄金，遇上找不到地址和家人的连钱都省下了，好的用烂木板钉个棺材把人埋了，不好的就直接挖个坑埋了。你知道那时一克黄金多少钱吗？公价 29 元，黑市价 41 元。

11

另一种在河床上淘金相对容易,安全多了,几乎不要什么成本:一个铁皮卷的三米长的抽水筒、一条木板钉的水槽、一个中间有个圆窝的铁簸箕,加上一条牛毛毡,两个人就可开工了。这种在河床沙子里淘出的金,形如小麦,加工后如碾碎的麸皮,所以叫麸皮金。麸皮金成色好,但最后吹金时总有黑沙夹杂,净度略差些。

12

当我 12 岁离开,17 岁怀揣着和所有金客一样的黄金梦重回到我出生的地方锡伯渡,成为这条金沟区十万金客之一时,一切的一切与我童年的记忆相比都已变得面目全非,家乡已不是原来的家乡,很少有几张熟悉的面孔。我成了一个地地道道的外来金客。我家曾住过的房子挤满了我从未见过的人且臭气熏天。

13

到锡伯渡的当天就听到大人小孩沸沸扬扬地议论狗头金的事，个个脸上既兴奋又羡慕还有几分妒嫉。一打听才知道，一对从河北来的年轻夫妇金客前天晚上一起到离地窝子不远的小河叉子解手，男的顺手摸了个石头擦屁股又一扬手扔进水里，女的发现男人擦屁股的石头落进水里后在月光下闪闪发光。

14

女人问男人你擦屁股的石头怎么发光呢？男人打趣说我用金疙瘩擦屁股呢。女人就到水里去捞出那块石头，用水洗了洗在月光下仔细一瞧，妈呀，真是一个金疙瘩呀！小两口兴奋得一夜没睡，第二天一早拿到金老板那一称，天呐！半斤多重的狗头金，当即卖了一万多元钱，工具衣服啥都不要了，当天就往老家赶了。

15

在当时一万多块钱可不是小数字，一个县级干部一年工资也不过两千元。万元户是多少人的梦想，竟有人擦屁股擦出了万元户！大家兴奋议论的另一个原因是狗头金鼓舞了所有的人，所有的人都看到了希望，仿佛发财的梦想马上就要实现。整个锡伯渡乃至整个金沟的人都兴奋着，当然也包括我。

16

当我像一个浪迹在外的游子回到生育的家乡时，我激动又伤感甚至陌生得有些失落。家乡不仅没有任何欢迎孩子回家的样子，连一张能放下我被褥的地方都没准备。幸亏一个过去和我家关系不错、在困难时期得到过我家帮助的老解收留了我，让我在一间泥坯小房里用土块和木板搭了张床，开始了我的淘金生活。

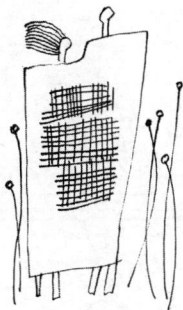

17

老解叔不仅收留了我而且成了我的老板。老解叔在我印象中一直是个神秘人物，他不是连队的正式职工，好像是突然有一天不知从哪冒了出来找了间破房子住下来不走了，慢慢就成了这连队的编外一员。没人知道他是从哪来的，干什么来的，为什么孤身一人，他到底有没有老婆孩子，家到底在哪？反正老解叔来了。

18

老解叔曾经被连队热议了很久，有人说他在口里闹了命案逃出来的，有人说他从南疆来的，后来有人断言他是苏联特务来搞侦察的，说不定咱这儿有什么可以造原子弹的宝矿等等。据说连队指导员把老解叔审问过两回，结论是他是昌吉某公社的，家里太穷老婆带着女儿跟人跑东北去了，他就来锡伯渡混口饭吃。

19

连队的人开始同情老解叔了，有人给他送了旧家具，有人平时给他点苞谷面、大白菜什么的，我们家经常接济他口粮清油，日子久了有人还想把连队的丁寡妇介绍给他当老婆。老解叔没有再娶，他总是一个人天不亮就出去，中午回来，下午帮连队干点活儿。据说有人跟踪过他，知道他每天都到河滩上去筛沙子，不知干什么用。

20

听我爸说，有天大早他到河里去钓鱼，看到老解叔在一个小岛子的河滩上，用一张牛毛毡在河里冲头天筛的沙子，然后把最后留下的黑黑的沙子收集起来。老解叔给我爸说那黑沙是铁沙，他淘铁沙是要卖给乌市的钢厂换点钱。我爸说这老解脑子有毛病了，靠淘铁沙能卖几个钱啊？还不如添片网打鱼卖呢。老解依旧淘沙。

21

老解叔寡言少语，很少主动与人接触说话串门什么的，也从不让人进他屋子。我家离开那年，连队的八卦新闻笑传：有天晚上丁寡妇憋不住了跑到老解叔屋里，看到他满屋子都是怪石头和一袋袋黑沙子，完事后老解叔送给丁寡妇一小袋黑沙子，还让她留给后人用，气得丁寡妇出门就扔到臭水沟里去了，再也不睬老解叔了。

22

老解叔现在是锡伯渡最大的金老板，有四五个淘金面，手下雇了六七十号金客，在整个额尔齐斯河淘金区他鼎鼎有名。我被安排在离连队最近的淘金面上，工钱每天 8 块管吃管住。我们面上 10 个人，我和工头一样多，其他人每天 6 块钱，早上 6 点半吃饭，7 点出工，晚上 9 点收工吃饭，然后是打牌、吹牛、找野鸡、放屁、打呼噜睡觉。

23

虽然老解是大老板了，但他看起来还是有良心的。因为我们家过去对他有所帮助，所以我不仅工钱高而且工作也最轻松。我专门负责每隔十几分钟把水槽里沾满黑沙的牛毛毡取下，换上另一块毡，取下的毡在一个装满水的长铁盆里反复抖洗，把黑沙全部抖到铁盆里。这是淘金过程中很重要的环节，必须是亲信才能干。

24

当全连人和我一样知道这从河滩沙子里淘得的黑沙是怎么一回事时，老解已干了十几年了。全连人守着金矿被老解蒙了十几年。有人说老解真不是个东西，不早点把秘密告诉我们，大家一起发财；有人说老解贼精明，挖了十几年的宝没走露一点风声；有人说老解肯定是万元户了，旁人说你懂个屁那姓解的至少百万。

25

据说当丁寡妇知道了当年老解给她的是什么宝贝后,后悔地哭了三天三夜,把那个臭水沟翻了几遍也没找到那袋黑沙。她不死心,连着几个晚上半夜去敲老解的门,老解根本就不睬她。后来老解的真相大白,他是山那边红旗公社的老新疆人,老婆孩子都好好的,尤其她的女儿出落得一枝花儿一样,丁寡妇彻底没戏了。

26

丁寡妇是个倔犟的女人。30岁出头那年额河发大水,防洪堤眼看着要决口,他丈夫在连队那次抗洪抢险中被一个大浪卷走,活不见人死不见尸。从此她拉扯着比我大两岁的女儿清苦地过活计。看老解不睬自己,她一个人跑到三十里外的牧业三队,买了个大牛头背回来,又烫又洗弄干净了给老解送去,外加两瓶额河特曲。

27

　　老解吃了牛头喝了酒还是不让丁寡妇进门。丁寡妇就有事没事往老解工地跑，一会儿帮着做饭，一会儿帮着挑沙，可老解就是不让她进门。终于有一天丁寡妇火了，当着一帮男人的面脱了上衣，抖着两个大白乳房指着老解大骂：狗日的不是东西，大家看老娘把奶罩都卖了给他买酒喝，他狗日的就是个石头也该捂热了啊。

28

　　丁寡妇这一着还真管用，老解虽然还是不让她进门，但把淘金的绝招教她了，还送她一个淘金面。从此丁寡妇也当上了金老板，日子眼见着红火起来了。丁寡妇人长得虽不算漂亮，但三十多岁丰韵尤存，加上人一有钱精神爽，三分长相七分打扮，一下成连里大美人了，围了一圈男人讨欢喜，可她除了老解，别人一个看不上。

29

关于老解为什么不再让丁寡妇进屋有好几种说法：一种是丁寡妇太势利老解怕染上脱不了身，一种是说老解家里老婆长得美着呢他压根看不上丁寡妇，还有一种被大多数人认可的说法是哪有不吃腥的猫，丁寡妇送上门人家都不要是因为她邪气，老解迷信，怕她再闹冲了财气。不过进不进门已不重要了。

30

丁寡妇邪气的说法在连里盛传已久，是不是迷信咱不说，但有几件怪事确是真的。当年她丈夫被水浪卷走后，全连人打捞寻找了一个月也不见人影。后来洪水退了，有人在河边树林里看到一只头像马、身像驴、尾巴像牛尾、头上还长了一对鹿角的怪物，怪物的一个角上顶了个挂着毛主席像章的黄军帽，那帽正是丁寡妇丈夫的。

31

如果不是那个人从怪物那里弄回了那顶帽子，没人会相信他的话。那帽子不仅一点不像被水淹过，而且展展的像丁寡妇丈夫那天刚戴上一样。丁寡妇拿着帽子吵着连长派了十几个壮汉在发现帽子的地方上下十里沿河找了个遍，什么也没找到。倒是帽子回来后丁寡妇家就连出怪事，曾一度搞得全连大人小孩夜里不敢出门。

32

细心的人一算，帽子被怪物送回来的那天正是丁寡妇丈夫被洪水卷走的第四十九天，也就是民间祭奠死人的七七。那天丁寡妇把帽子放回家后，带着女儿半下午搭连队拉面粉的马车去团部亲戚家了。半夜夜深人静人们在睡梦中时，突然丁家左右邻居被咣啷啷摔盆子的声音惊醒，只听到丁家一阵一阵摔盆子砸碗声传出。

33

　　那时兵团连队都是军营式的一排排房子,一排五户一户两间,外加前面一排每户两间的小房,丁寡妇家和我们家住一排,她家住中间我家在西头,是连队最北边最后一排。我们一家人也被叮咣叮咣声吵醒了,我爸说这是谁家半夜打架摔东西闹什么疯啊?我妈说去看看是谁家劝劝人家别闹了。我爸一出门惊住了!

34

　　明晃晃的月光下,丁家门前聚了一帮大人小孩叽叽喳喳地议论着,有人打着电筒往屋里看,门锁着窗帘拉着,看不见屋里有什么人或东西。声音不响了,我爸说可能屋里进野猫碰翻东西了,没啥事大家都回屋休息吧。人们都各自回屋去了。我爸回到家说没什么,可能野猫闹的。刚灭灯睡下,突然咣当当一声巨响。

35

　　我爸惊得一下跳起大喊一声:哪个熊货?提个十字镐把子冲出门去。很快又一帮人围在丁家门前,我爸说砸开门进去看看谁在闹腾。几个大男人提着棍棒打着手电进屋查了个遍,锅碗盆勺都好好地放在那儿,屋子里干净整洁得连个苍蝇也没看到。几个大男人约好回家谁也别睡,一有动静就冲过来。一夜再无声响。

36

　　丁家夜半盆声一大早就在连队闹得沸沸扬扬,指导员和连长亲赴丁家检查,还专门召开职工大会说要破除迷信崇尚科学。家住连队最南排的陈姓职工在会上站起来报告说指导员丁某人真的回来了,昨晚看见他在南防洪提坝上来回走着呢,天快亮时沿着堤坝往西走了。指导员气得一拍桌子:你他妈再散布迷信关了你!

37

　　后来的事发生得更邪乎。连里有个林姓木匠看丁寡妇丰盈肤白又没了丈夫，便经常给她家修修家具，悄悄送点羊头猪下水。时间长了两人便眉来眼去好似干柴遇上了烈火，烈火浇上了汽油。有天夜深人静，林木匠趁老婆外出丁家女儿住校未归之际，悄悄摸上了丁寡妇的床，正要办事，突然外屋咣当一声巨响如雷炸顶。

38

　　门外又围了一群人。林木匠吓得衣服也没穿光着身子冲出门，哇哇叫着在众目睽睽之下捂着麻雀往家跑，众人哈哈大笑。指导员被叫来和几个连干部把丁家里里外外检查一遍，就差没把丁寡妇扒光了，除了林木匠的裤头外，没发现别的。正准备走时，突然发现外屋窗台上一个闪亮的东西，拿起看正是丁某落水时戴的表。

39

指导员问丁寡妇这表一直放窗台上吗？丁寡妇仔细看了，说这表老丁一直戴着怎么跑回来了呢？连干部开了一上午会，决定由连里给老丁补开一个追悼会，让丁寡妇把老丁的所有衣物东西装进棺材，弄了个衣冠冢正式埋了老丁，还立了个石碑：因工殉职丁××之墓。老丁属因工殉职，经团里批准丁寡妇成了正式职工。

40

别小看这"正式职工"，在当时只要有了兵团正式职工身份就意味着有户口有工作有口粮有工资有地位，这是多少随军家属的梦想啊！因公殉职人员遗孀不仅可以转正，子女到18岁前由国家扶养，丁寡妇可说因祸得福。但她最忌别人说这，谁说她骂谁，有人说这是她对男人感情好，有人说呸感情好还把手表藏下了。

41

我干活的地方是老解的一号淘金面,在渡口上游一公里左右的大河湾处,是一个较富的矿点,在河滩上随便一铁锹下去,往深里挖三锹,平均每锹淘得了二十几片麸皮金。这样的地方一般三方沙子里就能淘得 1 克黄金,但是如果三锹下去平均金片在五片以下就干不成了,十个人一天也淘不得 1 克金子,非拉稀不可。

42

我们上游邻居老金头的淘金面就比我们这里差了不少,据说四五方沙子淘 1 克金子。老金头和老解都四十五六岁年龄,在连里都是能人,老解是大能,老金头是二能。老金头心里憋屈又确实干不过老解,所以和老解虽称兄道弟却是面和心不和,俩人心里都较着劲呢。有一次老金头悄悄对我说:小文你当心点,别被老解要了。

43

老金头说你还记得丁寡妇吧,那个傻逼一天到晚被老解耍猴一样,把她卖了还帮人数钞票。你可千万学聪明点,时刻防着这老家伙,狗日的心黑着呢。我想背地里说人坏话不好,听人说坏话也不好,何况老解是我老板呢,还是少和老金头接触,免得老解生疑。偏偏这次让丁寡妇撞上了,她叫住我问:老东西又放什么屁了?

44

我当然不能说老金头说她傻逼,编了个瞎话蒙过去了。丁寡妇也不再追问,对我很亲切地说小文你爸妈都好吧?我说好呢。又问不是听说你分到四连当文教了吗?怎么跑回来淘金了呢?我心疼了一下没回答,丁寡妇就说好好干你老解叔亏待不了你,有钱了咱什么没有?日子长着呢。又指着金客们高声说狗日的们不准欺负小文。

45

提到文教的事我就暗自伤心,满肚子不是滋味,要不是因为金子,我一个堂堂高中毕业生怎么会沦落为金客与这帮乱七八糟的人在一起呢?如果不是那个臭婊子(不不不她不能叫婊子她长得漂亮又那么温柔对我其实很好我也很喜欢她)的哥哥给连长送了一疙瘩金子,那文教就是我的。唉!反正来了,那就入乡随俗吧。

46

我想我得好好淘金子,最好也弄个金疙瘩,当然像河北小俩口擦屁股擦出的狗头金最好。有了金子老子早晚有当上文教的那天,惹火了老子不光要当文教还要睡那个取代了我的小婊子,让她天天给我做饭洗衣服生一大堆娃娃,一大堆娃也不叫她妈,气死她!妈妈的!这一想既舒坦又激动起来,丁寡妇说得对,跟老解好好干!

47

这淘金并不像想象的那么简单，里面名堂很多呢。偌大一片河滩上并不是到处都有，黄金它也有矿脉，据说这矿脉像鱼鳞一样，弧形的一道道分布在河滩上，是万千年来一次次洪水冲刷的河岸线。摸矿脉是一个学问活儿，老解是专家，他每天必须亲自干的事一是来往于各淘金面上摸矿脉，再就是黑沙收回家后洗金吹金。

48

我见过几次老解摸金脉。先是直线挖三五个一米深的洞，每个洞挖出的沙子编号冲洗，看哪个洞的含金量最高，然后在最高的这个洞前方每隔三米挖两个洞，洞和洞之间错位成弧形，三个洞含金量最多的一条弧线就是矿脉。但这矿脉在满滩的鹅卵石上，我们哪看得出来，每天都是老解过来摆几下头让我们沿着挖筛沙子。

49

最后一道程序洗金吹金更是技术活，要用铁簸箕在条盆水里一点一点把黑沙冲掉，最后剩下是黄金，再把黄金用一个铁片儿在酒精灯上烘干后倒在一张白纸上，用一支细细的管子吹气，边吹边用个小棍拨，把金子里最后一点面粉一样细小的黑沙吹掉就是净金了。这活说起来容易干起来要非常小心仔细才行。

50

我们一号面上的十人除我之外都是外地人，每个人都是怀揣发财梦而来的，但当成为金客后，我发现虽然遍地黄金，但要想一夜暴富还是一个遥不可及的梦。说白了我们不过是打工仔，一个月两三百元工钱（还是用金子顶付），虽说在当时普遍百八十元工资水平下这不少了，可离万元户的梦还太远，除非也当金老板。

51

想当金老板的人太多了，可地盘就那么多，没有相当的实力想都别想。当金老板的只有三种人：一种是当地有实力的人，一种是在当地有非常有实力的亲戚的人，还一种是明着不是老板背后真老板带"长"字的干部的人。当然除当老板外也有金客暴富的，听说有好几十人捡到过狗头金，还有人直接捡了一袋净金。

52

锡伯渡上游十公里是黑山头，一个金客远远发现一百多米高的半山腰上有个小山洞，出于好奇就爬了上去。山洞不大，高不过两米深五六米，两具风化得一碰就碎的人白骨散落洞中。那个金客吓得扭身要跑，被脚下东西拌倒，起来一看是个扁壶一样的铁东西，从壶口往里看有个小皮袋子，摸出来打开一看，妈呀，一袋金子！

53

那两具尸骨是什么人、什么时候死的、怎么死的不得而知,可能是饿死或冻死,也可能两个人为了金子相互残杀而死。据说又有人爬进山洞寻宝,除了那个扁壶一样的东西外,还真发现了一把弯刀,拿回后被公社收走交到县里,又被自治区博物馆收走了。到底咋回事不清楚,但传出额河流域清代初期就有人淘金了。

54

布满鹅卵石的河滩旁有一棵奇大无比的杨树,粗得四个大人合抱都拢不过来。小时候爬上这棵树掏鸟蛋,每一次都和小朋友争论它的年龄——一百岁、两百岁……我认定起码也有一千岁,那是什么概念?是树神了吧。这老杨树真该是树神,东看西看南看北看远看近看上看下看怎么看都是一棵与众不同的奇树神树。

55

老杨树树身肥圆长着一疙瘩一疙瘩肌肉，两米以上分两杈，一杈向东一杈向西，又两米以上两杈再分两杈，两杈向南两杈向北。这一纵一横就像顶了座小山，密密麻麻全是油绿的叶儿，而每一片叶儿又都手掌似的奇大。这树长得奇怪，怎么看都独一无二。独一无二的树下必定有独一无二的奇货，想着我就激动得手都发抖。

56

我用出吃奶的劲搬开树下一个全身都起鸡皮疙瘩的水桶，大小的卵石石窝里露出湿润细柔的白沙，有点耀眼。操起铁锹一锹下去，就像地里挖洋芋一样，一个两个三个…鸡蛋大小的狗头金完全裸露在阳光下，金光四射耀得眼疼。再一锹下去，一窝子玻璃蛋大小的狗头金，一个两个三个四个五个……整整二十个哇！真他妈发大财了。

57

我激动得心跳快得像咚咚响的擂鼓，一个激灵坐起来……满眼金光。等回过神来定眼再瞧，金光变成白光，毒辣辣炽热的太阳挂在头顶上，我方才明白刚才午休睡着了做了一个发财梦。我把这梦讲给旁边靠树坐着抽烟的小王听了，他听得直咂舌好像真的挖了一堆金疙瘩，他激动而神秘地说：小文你要发大财了。

58

当天半夜我正睡梦中呢，小王兄弟两人扛着铁锹和十字镐来找我了。小王说小文你今天中午梦见的那棵老杨树在哪里？我说问这干嘛，小王说如果真有那棵树就是神灵在指引你发财呢。我说那树就在我家住过那排房子后面啊。小王激动地双手合十连连对着窗外鞠躬，嘴里念叨着：神灵保佑神灵保佑，然后说快挖宝去！

59

　　我们蹑手蹑脚神神秘秘来到老杨树下，小王二话不说就挖了起来，每挖出一锹土都叫他弟弟打着手电仔细翻找。在冷清的月光下我们三人就像三个鬼影在晃动。锡伯渡静得只有浪花拍打水面的声音，偶尔传来一两声狗吠。天快亮时我们已绕着老杨树挖了快一圈了，就在一圈沟快接通的时候小王突然惊叫一声……

60

　　我们只顾埋头专心挖宝了，谁也没注意老解不知什么时候来的，正立在旁边一直盯着我们呢。小王一惊叫把老解也吓了一跳，他吼道：叫啥呢大惊小怪的，又说你们倒底挖啥呢神神秘秘的。小王弟抢先说：小文梦到这里有一窝狗头金呢。老解哈哈大笑：狗你妈金呢，这地方能挖出金子老子都能屙出金子了，害得老子也一宿没睡。

61

　　小王兄弟俩这不是第一次瞎闹腾了，锡伯渡人都知道他们的笑话：兄弟俩初来时，偶而一次看别人拿在太阳下闪闪发光的小金片儿就欣喜若狂——原来这就是黄金啊！他们来时路过一片小沙包，发现沙里满是金光闪闪的这种东西——原来那是金子呀！于是兄弟俩从早到晚跑那沙包上，一人一个小镊子，一片一片镊金子。

62

　　那小如麸皮的金片儿用镊子一片一片捡是极费工夫极辛苦的，小王兄弟俩朝出晚归地干，尤其是中午烈日把沙漠烤得能捂熟鸡蛋，要不是小王弟被晒晕过去送到连队卫生所急救，还没人知道这兄弟俩搞了什么名堂。当小王把用一个月时间镊来的两青莓素小瓶金子拿到金贩子那卖时，不仅被扔了出来还挨了一耳光。

63

原来小王兄弟俩忙乎了一月从沙堆上捡来的全是红云母片儿,这东西在阳光下金光闪闪极像金子。白忙活了一月,带来的那点积蓄也花光了,小王兄弟俩财没发成差点成了要饭的了,幸亏老解收留,他俩这才成了金客。也不怪小王兄弟心急发财,他们如果年底拿不出一万元钱,妹妹花儿就要被送给大她20岁的老男人。

64

小王家在甘肃平凉一个偏远贫穷的山村里,他20岁那年父亲用8岁的妹妹花儿给他换了门亲,约定十年后花儿18岁时嫁给大她20岁的嫂子哥,如反悔就赔对方一万元钱。那男的年龄大些倒没什么,关键是得过小儿麻痹,瞎一只眼拐一条腿背上还扣了个肉砣砣。小王怎么忍心让妹妹嫁这样男人毁了她一生呢?!

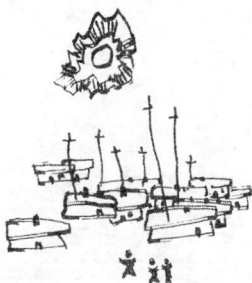

65

小王娶亲后不久,父母在一年里陆续去世,小王和媳妇把弟妹拉扯大。媳妇虽是个傻子可也能干些活搭把手的。眼见着妹妹到了换亲的年龄,弟弟也早该成亲,因为穷没人肯嫁至今还光棍着。小王又苦又急实在没招了,听人说新疆阿勒泰淘金子能发财,就带着弟弟扒了辆拉煤的空厢火车到新疆来了。黄金对他们太重要了。

66

我们深夜挖宝的事没过第二天上午就在各个金面上传开了,一下成了笑话。我埋怨小王犯神经病哩,把我也弄了进去。小王说别人笑话就笑话吧,咱想发财又没错。午休时丁寡妇来了,把我叫到一边问:小文你真梦到树下金子了?我羞得扭头要走,丁寡妇一把抓住我说小文你是不是记错树了,到姨面上看看,姨给你 5 克金子。

67

我给搞懵了,说丁姨你不是在笑话我吧?丁寡妇说笑话啥我当真的。我说梦你也信?丁寡妇说小文你不知这金子的事神着呢,什么事都可能发生。我也被她说的有点当真了,问那找不着树呢?丁寡妇说找不着也给你 5 克金子,姨说话算数。我说那万一真找到呢?丁寡妇没想到我会这样问,犹豫了一下说那就分你一半吧!

68

丁寡妇说这事咱们不能让别人知道,更别让老解知道。我说行哩,找个时间到你金面上去看看。丁寡妇乐滋滋地走了。谁知没过一会儿老解跑来叫我问丁寡妇来找你做啥?我说没啥。老解说没啥她来找你?我说真没啥,就是来看看。老解说她说啥了?我说没说啥。老解说她问啥了?我说没问啥。老解怀疑地看着我说小文你瞒我哩。

69

老解走后，我问小王是谁这么快给老解打小报告了？小王冲做饭的吴姨努努嘴。我就知道这里有老解的奸细呢，以后说话办事可要小心。小王悄悄告诉我吴姨和老解有一腿，和丁寡妇是情敌呢。我说吴姨不是有老公吗？干嘛还和丁寡妇争男人。小王说看来小文你还不懂男女的事哩。正说着小美来了，小王又悄悄说她没奶子呢。

70

小美打了把红伞穿了个吊带背心和短裙，时髦得像电影里大家小姐。她一来男人们都燥动起来，这个喊小美到哥腿上坐坐，那个叫小美你的腿真漂亮呀。我红着脸问小王你咋知道她没奶子？小王说我俩睡了好几次了，咋不知道，不信你问他们哪个不知道。我突然发现小王其实也不是什么好东西，自己家里有老婆还和别人睡。

71

面对一帮男人的骚情挑逗，小美不恼不火好像没听见一样。她径直走到我跟前说：小文你回来也不告诉我一声，咋说咱俩还同学哩，我来请你今晚到我家吃饭。小王一听急了说咋就不请我呢，有奶吃不？小美冲小王呸了一口骂道：吃你妈奶去！转身走了。没走出多远又折回头朝我喊：小文，晚上我去你屋叫你，可别出去了啊！

72

没想到小美是来找我的，更没想到会请我吃饭，我惊讶当年疯疯癫癫的假小子竟变成了这么漂亮的女孩，所以傻站着一直到小美出了林子也没回过味来。我和小美是小学同学，而且我俩还老摔跤打架，她还能记得我这个坏同学真让我感动。加上本来见女孩我就脸红，此时我的脸早成红柿子了，金客们捂着肚子大笑。

73

　　我一激动就要小便,老毛病了。我转到身边的树后就尿了起来,感觉尿了很长时间尿了老大一滩。我刚一尿完,小王赶紧铲了几锹土盖住并神色紧张地说:下次再不准在工地上尿了,要叫老解知道了非用铁锹拍你不可。我说咋了尿个尿不行吗?有多大的事嘛。话音没落就听到远远地老解喊:开工了——开工了……

74

　　一进6月天眼见着拉长,太阳虽已偏了西头还明晃晃地照着,扯一河白光。往上看白光里有一个亮点,一闪一闪地非常耀眼,看看其他地方全一色的白光,没那个亮点。亮点在往下移动,越来越近,越来越大,那是什么呢?金子是不会移动的,可除了金子外还有什么能发这么耀眼的光亮呢?大家都被亮光吸引,站在河床上张望着。

75

那是个什么东西？可能是条大鱼吧……那这鱼可不会小，能逮住可美了……不可能是鱼，鱼不可能游得这么慢，没看见这亮光是随着河水在漂动吗？那会是什么呢？木棍吧……木棍怎么会发光呢？脱了皮的木棍呗。也是，脱了皮的木头泡在水里发光哩……大家都看着白光你一句我一句地猜测着。

76

木棍直朝我们漂来，越来越亮了还光灿灿的，不是木棍，那东西像个倒扣的脸盆，再瞧脸盆前面还有一团黑东西一现一没的。老板老板那是个啥东西？有人喊。老解没吱声，正拄了铁锹瞧着。"操！"老解突然大叫一声，震得我们一哆嗦。再顺老解手指处看，妈呀，那白光变成了一个人，而且是个一丝不挂的女人。

77

这时才看清，原来像个倒扣的脸盆一样发光的
东西是女人又肥又大的屁股，高高地翘着，那团一现
一没的黑东西正是女人的一头长发，在水里散开又
像一团黑纱。我第一次见光身子的女人，不仅屁股白
得耀眼，背也白得耀眼，腿也白得耀眼，就连脚后跟
也白得耀眼，那白光直刺得我心里打颤，全身哆嗦，
闭了眼睛不敢再看。

78

甘肃娃挽了裤子冲下水要去捞那女尸，那白亮
亮的就直直朝甘肃娃漂过来。"操——操——"我又
被震得一哆嗦。"别他妈碰那女人，快上来快上来，
千万别碰千万别碰！"老解大叫着。甘肃娃立在半腰
深的水里，回头怔怔地看着老解。"你听见没有，不
上来老子拍死你！"老解操起铁锹就要甩过去，甘肃
娃扭身冲上岸。

79

老金头抱起石头就往河里白光处砸，边砸边往岸上喊：看你们个屄快砸走她。噼里啪啦一阵乱石砸往水中，快到岸边的女尸在乱石砸起的浪花中打了两个圈儿往河中急流处漂去，漂到河中又打了两个圈儿沉下去浮上来，又沉下去浮上来，突然翻过身来两只手举出水面，又沉下去不见了。再瞧，一河平平的白光。

80

甘肃娃还在瞪着眼睛往河里看，在寻找女尸的踪影。老金头黑着脸上去朝他屁股踢了一脚骂道：看你妈呢，没见过女人啊，尸体有什么好看的，快收工回家！他又朝我们喊：都他妈别喳喳了，赶紧收拾东西回去休息去吧。我问小王这正干着哩干吗要收拾东西回去？小王说我也不懂，上次咱这淹死了个人也是休息了三天。

81

　　刚回到屋子工服还没脱下，小美的姐姐大美就闯进屋来说：老解今儿撞邪了吧，活该了这老东西！我说刚才的事你怎么知道了？大美哈哈大笑说这锡伯渡的事没有老娘不知道的，谁的裤裆里夹几个蛋都瞒不过老娘。大美又问：小美去找过你了？我说找过了，叫晚上去你家吃饭哩。大美说这个骚货闻到味跑得猴快。

82

　　我正等着换衣服冲凉呢，大美又扯上她刚到乌鲁木齐的事，说进到城里人就转向了，人多得像蚂蚁一样，那地板亮得能当镜子，就是有一样不好，尿个尿还花了一毛钱……大美越说越兴起，一屁股坐到床上手舞足蹈起来。我实在忍不住了说：大美，能不能先出去一下我换个衣服。大美哈哈大笑说你没穿裤头？

83

我羞得一脸通红,赶紧说我穿着裤头呢,你才没穿裤头呢!大美一下止住笑惊讶地问:呀!你知道我没穿裤头?我说我乱说的你可别当真啊。没想到大美往床上一躺,掀开裙子一只腿挠起说:你看今天老娘真的没裤头呢!我不自觉地扫了一眼,一下看到黑黑的一团,羞得赶紧跑出去了。大美在后面喊:今晚去我家不?

84

大美高我两届,我上初一时她上初三,曾经是风云人物,也可以说是老江湖了。那时我们都在一中读书,初三年级的她就结交了社会上著名的混混小海,小海凭不知哪学的几脚功夫,拿手腕粗的三节棒横扫团部小镇,加之手下一群不要命的小混混,没人敢惹他们。大美跟小海混上后,别说男学生就连老师也不敢惹她。

85

改革初期的那几年社会似乎特别乱，各种黑社会性质的帮伙偷盗抢劫打群架甚至杀人放火都有发生，拳头硬的人谁惹谁倒霉。最著名的校园事件是大美因不写作业被单身的男班主任痛批了一通后，晚上小海带着几个人闯进男老师的宿舍，把他从被窝里拉出来一顿拳脚后扔到外面，而小海搂着大美在老师床上睡了一夜。

86

我们那时住校睡大通铺，一个大炕十个人睡，上到高中的才能睡上下两层的单人床。同宿舍的两个高中生老欺负我们初中生，有一次无意中我给大美讲了自己老挨打的事，谁知大美叫来小海一帮人把那两人揍得直给我磕头求饶，从此再不敢欺负我了。后来严打开始了，小海被关进了监狱，大美也被学校劝退回家了。

87

我被大美臊得满脸火烧心跳加快,在外面转了好大一阵才平静下来,猜想大美肯定也回家了,我就回来了。进屋一看大美还躺在我床上,露着大腿打着呼噜睡着了。我左右不是地愣了一会,正准备出门呢大美醒了,说你老跑啥呢我又不吃你,还把你正经得不行。我说今天不舒服就不去你家了,大美说不去也好就走了。

88

吃晚饭的时候,我悄悄地问河北女人为啥要停工呢?河北女人趁机凑到我跟前,故作神秘地说这老有讲究了,滩边水里泛白要杀金气呢,特别是女人。我一低头一下瞧见河北女人胸前大圆领衬衫里面两团大白馍一样的白。夜里,我睡不着,一闭眼不是河里刺眼的白光就是大白馍一样的白,或者一团一团的黑毛在晃。

89

第二天一大早，月亮还挂在天上，我还在迷迷糊糊的睡梦中呢，老解来把我摇醒。他说小子你真的没有被女人弄下?我不知老解啥意思，怔怔地看着他。老解又说，嗨呀就是你还是不是个童男子?看我点头，老解乐了，说好呢好呢没看错呢，这熊地方被金子整得没个好种了，也就是你! 说着拉起我就走。

90

出了门才发现小王他们一帮子人都来了，小王弟弟抱了两挂鞭炮，小王拿了个长杆，其他人都拿了破盆什么的。老解说快走天泛白就来不及了，一群人就急急地往淘金面上赶。丁寡妇风风火火地追上来喊:把这打火机带上。老解说带着火呢，你回去分金吧，一定分那瓶黑盖的。丁寡妇说你不都分好了吗?老解说急糊涂了。

91

我越发糊涂了，上工也不能这么早，还带着鞭炮破盆子干嘛呀？老解说：小子你也别问了，赶紧，天泛白就来不及了。到了淘金面上，老解赶紧把一挂鞭炮拴在长杆上，举起交给我说：天一泛白就点了炮仗，在咱这道河湾滩子上来回跑。河湾有二百来米，弧形的一段河水在这里打了一个转平缓下来，不光河水平缓河滩也平整。

92

一道白光沿着河面从东方伸来，老解点了鞭炮我就赶紧举着沿河滩子跑。这炮真响，噼噼叭叭地震得我耳疼，这炮也太长，跑了两圈了也没炸完。好不容易听到最后一响，我已是累得上气不接下气了。刚要蹲下喘口气，老解麻利地又拴上一挂炮，真他妈不是东西，又两圈下来，炮虽炸完了我也爬下了。只听破盆敲得乱响一片。

93

　　这狗日的是整我。在岸上那帮家伙的注视下，我真他妈是个小丑。我操——冲着老解，我张大嘴，却没敢骂出声，心里却狠狠地骂了句——你祖宗！完了老解喊大伙：领工钱去！本不到发工钱的日子，老解要提前发工钱，大伙儿自然高兴，都乐得屁颠屁颠的。老解似乎很满意，黑着的脸也舒展开了。

94

　　小王告诉我这叫散金，死人冲了金气，要童男炸邪——呸呸，妈妈的，原来我举着鞭炮跑了个吐血是给老解驱鬼炸邪来了，日他祖宗。炸了邪，还要散点金子破破财。老解真他妈精明，用发工资的方式破财，真是奸客！散了金后要净滩三天，也就是三天内不能淘金，大伙儿休息。这倒是好事，我也高兴！

95

又要发工资又要休息三天，大伙儿都咧着嘴乐，最高兴的莫过于做饭的河北女人吴姨了，她扭着阿勒泰大肥羊一样的屁股，挺着两个母牛一样的奶子，一个劲叫喊：金子可要收好了，嘻嘻，把你们的裤裆收紧，别叫女人把你们的鸡鸡和金子都收了去啊！一个喊：那小鸡鸡要想进吴姐你的窝能省下金子不？

96

吴姨其实并不大，顶多三十来岁，人虽长得不算漂亮，但却是丰乳肥臀特点突出，据说有男人就好这口，老解就是。老解曾说女人长的烧火棍一样还是女人吗？别人开吴姨玩笑，她不仅不生气，还乐得直抖奶子，喊：小子们，老娘的二姐敞开门叫你们进，你们哪个有本事吃得消？哈哈哈哈，大伙都乐了。

97

我知道这发工钱与我无关,因为才来不到一月肯定没我的事,可我还是想凑凑热闹。老解这时不知哪去了,外屋里却听丁寡妇在喊:邓亮21天3.8克。邓亮赶紧叫起来:该4.2克呀,丁姨你是不是弄错了? 丁寡妇说,没错,老解说金子昨天涨了5块,算下来是这个数! 老解说涨了,那就一定是金价涨了。

98

小文——小文——丁寡妇在喊,我说啥事啊丁姨?丁寡妇说来领你的金子呀。我说不会吧我还没干满月呢。丁寡妇说:老解说咱这里你是个宝呢,你的贡献最大,还多奖励你呢,不过老解说了你不能被他们带坏了,要净着身子做童男子,万一再有事还指望你驱邪呢。拿了纸包摁了手印,我想早晨没白辛苦!

99

　　我赶紧跑回屋子里，拿出带来准备装金子的18个小青霉素药瓶中的一个，把刚发的金子小心翼翼地倒进去。咋就刚平了个瓶底呢?斜起瓶子看，小拇指头大小的一堆，麸皮一样发黄的东西，并且金灿灿的。我正对着光线欣赏瓶子里的金子，身后伸出一只手把瓶子拿了去，我惊了一跳，吓出一身冷汗。

100

　　回头才发现，小美不知啥时站在身后呢。我说你吓我一跳咋像个幽灵哩。小美咯咯咯地笑，说我就想吓你一下，没想真吓着你了?! 晃晃小瓶子小美说:7克，315块，他娘的老解真吝啬鬼。我说这可不少了啊，我才干了二十来天。小美说老解糊弄你呢，咱这谁家金面子上撞了邪请个童男子至少500块呢! 我惊愕。

101

　　小美越说越有些气愤了,拉起我就找老解评理去。恰巧老解在门外收拾铁盆子,小美径直上去说:老解,小文给你炸了邪,咋才只给 7 克金子呢?老解说有你啥事呢。小美说别人我不管但小文的事我必须管,净滩子请谁也少不了 500 块呀! 老解说,小文愿意帮忙哩管你啥事。小美说小文是我对象哩!

102

　　这下老解愣住了,直直地看着我,我赶紧摇头。谁知小美更离谱了:我告诉你姓解的,你那滩子净不了呢,我和小文早睡下了。老解呼地站起喊:小文这是真的?还没等我回答,老解已跺起脚来大喊完了完了……我对老解说没有的事你别听她瞎说! 我生气地对小美说:小美你咋胡说呢我可没和你谈对象啊!

103

看老解急傻了的样儿小美乐得咯咯直笑。我说小美你玩笑开大了吧，这以后让我咋跟老解叔干哩！小美说小文你一点没变呢，可是这年头老实人吃亏啊，你小心被别人耍啊！我找你是真有事呢，明天陪我去趟团部行不？我说我考虑一下吧。小美很高兴，笑着对老解说我骗你呢别当真啊！

104

这时的锡伯渡已是上下百里最热闹的地方，光住的淘金客就有几百人，小旅馆小饭馆小商店小菜店粮油店等应有尽有，且生意红火，外面人称这里是塞外小香港。连队小广场周围是最热闹的地方，有好几家酒馆，原来的一排连部办公室和大礼堂早变成了旅店，闲时金客们就到这来喝酒打牌找女人寻乐。

105

中午的时候,甘肃娃叫我去小饭馆喝酒,我说不会喝不去,甘肃娃说都搭一伙了一块坐坐吧。不好再推辞,我跟了去。桌上已坐了一圈,一看都是一伙的,点了猪头肉猪下水什么的五六个菜,甘肃娃开了一瓶金山大曲往每人茶杯里倒,500克一瓶装的酒倒三杯,一圈下来地上就扔了三个空酒瓶了。

106

老解叔不在,这一伙里就算贵叔老大了。他举一杯酒说喝喝喝一醉方休。见我不端杯,贵叔说小文你看不起我们,咱这一伙就你是本地人,以后你发达了我们还少不了麻烦你哩。我喝了一小口,辣得眼泪都出来了,他们又一口酒便剩下半杯。贵叔说小文不管咋的,这杯酒你是要喝下,算我们哥几个敬你了……

107

见我左右为难，甘肃娃说小文不能喝就算了吧，酒我替他喝了。大伙不许，就一块儿又举了杯子与我碰。我说不行不行真的不行，喝下就醉了。贵叔站起来说：小文你不喝我就不坐下了，咋说咱得有个交情吧！我左右为难喝也不是不喝也不是。这当儿身后一只手端了我的酒杯，说：欺负人是不？我替他喝了。

108

扭头一看小美不知啥时站在我身后了，只见她端起那一茶杯白酒仰头一口气喝了个见底。大伙便起哄喊：好！好！贵叔说：小美你喝了也不算，我早看出来你在勾引小文，别费心思了，你这号人跟了我们还可以，小文这么干净的人能要你？我想坏了，小美肯定要发火了。谁知小美却咯咯咯地笑起来。

109

　　小美提起一瓶酒用筷子一撬，瓶盖飞出几米远。满满倒了两茶杯酒，小美对贵叔说：你们这几个鸟人有陪老娘喝到底的老娘就嫁给他！说罢，小美仰头连着两茶杯酒下肚，紧接着又嘴对着瓶子把剩下的小半瓶酒咕咚一饮而进。不仅我看傻了，一桌子人都被小美这架式吓傻了，都大眼瞪小眼地张着大嘴。

110

　　看一桌人都傻愣着，小美一脸通红地哈哈大笑，左右摇晃起来，我赶紧上去搀住她。我说小美干嘛喝这么多酒！不料小美竟爬在我肩上呜呜哭了起来，边哭边说连这帮狗东西都瞧不起我，小文你是不是也瞧不起我？都是这金子把我害了……小美大哭起来。小美真的醉了，她是为帮我而醉的，我很难受！

111

我正准备送小美回家,吴姨风风火火地闯进来说小文老解叫你呢。我说啥事啊我正要送小美回家哩。这丫头怎么又喝醉了,吴姨说着搀过小美:你老解叔那来客人了,叫小文你去陪哩,我送这丫头回去。一桌子人大吵:我们都去我们都去!吴姨呸了一口:啥鸟蛋自己不知道啊?!都别喝多了大老板来了呢!

112

老解家确实来了两个人,都三十出头,一个矮胖些,黑黑的,一个瘦高瘦高,留着分头。一桌子鸡肉鱼肉,看样子已经喝了一阵子。老解介绍我说:这是文老师家的老二。矮胖子说认识认识,瘦高个说幸会幸会。矮胖子我也好像在哪里见过,尤其他一颗包金门牙特别有印象。

113

　　我想起来了。家在这锡伯渡的时候，有天傍晚有人咚咚敲门，来的正是这个"金牙"，一进门他就鞠躬对我爸爸说：老哥行个好吧，饿了两天了，给口饭吃吧！我妈赶紧给他下了半锅面条还拌了一大碗黄瓜，他头都不抬地一扫而光。好像说他家住河南，从小被家人送进了庙里当和尚，他偷跑出来了。

114

　　记得胖子在我家住了好几天，每天除了吃饭睡觉就是在小屋床上闭目打坐。听爸妈说这胖子不是凡人，有很高深的本领。那天中午我放学回家，妈妈赶紧把我拉到胖子跟前，胖子看了我一阵后让我用木棍在地上随便写一个字，记得我写了个"公"字，胖子大呼：你家要出大官，有小车坐的大官！

115

爸妈很高兴。胖子又大呼:哎呀哎呀!你家有游魂住下了,要伤这孩子的寿命,恐怕等不到那一天了!妈妈吓慌了,搂住我哭了起来。胖子说:不用慌,我这几日看了,你们家是户好人家,我帮你们把这游魂请走吧!记得胖子让爸爸拿来一个碗盛满凉水,又让妈妈取来一根缝衣服的针,做起法来。

116

胖子把针在手指间擦了几下后放进碗里,那针竟漂在水面上了。我们目瞪口呆。胖子说:给这游魂送些钱请她走吧。妈妈紧张地问送多少啊?胖子说:这针沉进水里了说明游魂愿意拿钱走了。我妈取出家里所有的钱放在桌子上,又外出借了几百块钱放在桌上,碗里那针还是漂着不沉下去。

117

　　妈妈着急说也借不上钱了咋办呢?！胖子说那我给你们求个情吧,只见他双手合十闭目唸叨了一会儿,用手指一点桌子,那针就沉到了水底。胖子说他要赶紧代游魂收了钱带她回庙里请师傅为她升天,就带着我们家省吃俭用存的和借来的一共600多元钱走了。那是当时我爸妈一年的工资。

118

　　后来我上到高中学物理课,讲到浮力时,老师拿一根针在指间擦了几下后放在一碗水面上,针就浮在水面上了。那时我才知道胖子是个骗子,我回家把这试验做给爸妈看,爸妈也大呼上当。妈妈说但愿他算命是真的那钱也值了,我知道妈妈还惦记着坐小车的事呢。看着面前这个胖子我真想揍他。

119

　　看来老解和这俩人早就熟了。矮胖子一口吞下了一杯酒说：解老板你想了，不是西安来的大户，可出得了这价？我插嘴说：是河南哪个庙里来的骗子吧！矮胖子愣了一下，眼睛从我脸上飘过，淡淡一笑，像没听到一样。老解说看来越往里走价越高哇，大钱都叫你们这种人赚了去哩！

120

　　你也不少赚呀！大家都发财嘛。矮胖子说完与老解心领神会地一笑。趁老解出来小便之际，我赶紧跟出来对老解说了矮胖子行骗的事，老解竟然哈哈大笑起来：我还被他骗过一千多块呢！哈哈，这小子就这样！受不了当和尚的苦就跑出来骗吃骗喝。你放心，他骗不了我的，他还嫩着呢！

121

老解叫我把人都叫回来，还要家家户户去通知：收货的来了，有出手的找老解去。我转了一圈回来，老解家连院子里都站满了人，一个个都手里拿着小瓶子脸上洋溢着笑。在锡伯渡，这样的日子就是节日，大家能把一段时间来辛苦淘得的金子变成钱了，会连着三天小百货店饭馆小旅店生意特火。

122

来卖金子的基本上都是金客，真正金老板是不来凑热闹的，收金的人会选择时候上门服务。我刚回来就听老解在喊：爱卖不卖，你这破货能收都不错了！大个子很委屈：那你也不能扣杂太多了，9克东西就扣了2克杂，也太黑了吧。放你妈的屁！让大伙看看你这破货，黑沙都贴瓶底了。老解火了。

123

　　大个子没了脾气，一副受尽委屈任人宰割的样子。老解这一火，后面再没人喊扣杂太多了，老解说多少就多少，一会儿的功夫，白瓷碗里就盛了大半碗黄澄澄的麸皮金。正当老解忙着用筷子秤收金子，风风火火闯进一个人冲老解喊：老解老解快去看，下游捞上一具女尸看着像你女儿呢！所有人都吃了一惊！

124

　　还没等大家回过神来，只听叭地一声炸响，桌上那盛金的白瓷碗竟自己炸开了，麸皮一样的金片儿像洒灰一般抛向空中，落了一地。老解傻了一样地呆住了，手上的筷子秤咣当掉在地上，秤杆断成两截。这情景把所有人看傻了，一个个瞪眼张嘴地立在那儿。老天呐——老解长吼一声冲出屋去。

125

　　一群人跟着老解往下游河边跑。只见河滩的乱石上用床单盖着一个人，一头黑黑的长发露在外面。老解冲上去掀开床单，闪过一道耀眼的白光。老解摇晃了几下，哇——地喷出一口鲜血，一头栽在地上。老解的血喷在白得刺眼的裸尸上，竟闪起一道红光。"鬼呀——"一帮年轻人吓得拔腿就跑。

126

　　一直身子板硬朗的老解一下躺下了，他视为掌上明珠的唯一的女儿的死对他打击太大了。更令人惊讶的是，老家那边传话来说，女儿是和女婿一起出门的，如今女婿也失踪了，老解的老伴也躺进医院了。尽管有丁寡妇和吴姨照顾，老解的身体还是每况愈下，短短几天就变了一个人，腰也一下佝偻下了。

127

对于老解家突遭不幸，整个金区的人都议论纷纷。有的说肯定是老解的女婿害了女儿后跟相好的女人跑了，有的说老解太贪了老天惩罚他呢。但锡伯渡人更相信另一种传说：丁寡妇克夫，哪个男人上了她准要出事，老解这是被丁寡妇给克了，说不定这条命都快保不住了。话传到丁寡妇耳里她也一下气病了。

128

第三天中午锡伯渡来了几个公安局的人，径直到老解家，二话没说就把还在老解家的那两个收金货的胖子和瘦子铐走了，留下两个法医把刚埋的老解女儿又挖出来，在老解的柴屋里解剖了，当夜就又埋了。这一连串发生的事把锡伯渡的人搞懵了，大家不知道究竟发生了什么事，一下每个人都神神秘秘的。

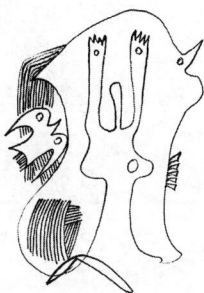

129

　　事情终于在连队指导员被叫到团部回来后真相大白了。老解的女儿女婿从山那边的牧业队来看老解,在上游黑山头那碰到了也要到锡伯渡找老解收金子的胖子和瘦子,四个人就搭伴走。老解的女儿非常漂亮丰满,胖子和瘦子起了歹意,在一处没人的林带里用手枪对着老解女婿的太阳穴一枪打死了他。

130

　　把老解女婿打死后,胖子和瘦子剥光老解女儿的衣服轮奸了她,末了又把她捂死扔进了河里。胖子和瘦子把老解女婿的尸体头朝下脚朝上塞进了一处石缝里,然后没事一样来锡伯渡找老解收金子了。他们不知,这一切被骑马路过的一个牧业队的牧民躲在一处沙包后全看见了,当即就骑马到团部报了案。

131

老解知道后就口吐鲜血不止,还没送到团部医院就去世了。这一切来得太突然了,从漂来女尸到老解去世短短四天时间,三条人命没了,一个响当当的金老板没了。对老解一家的不幸,我很悲伤,毕竟老解是我的老板而且对我不错啊。可是,谁也没想到的是,老解死在路上的当口,丁寡妇在自家门上上吊了。

132

丁寡妇也死了!大家谁也没想到。有人说丁寡妇还真是对老解痴情哩。有人说:屁,她最后还是克死了老解,自己良心过不去才上吊了。两天后,就在连队准备下葬丁寡妇时,丁寡妇的丈夫老丁突然出现了。死了十几年的老丁,突然一个大活人回来了,在场的人大多吓得半死,有的腿都打起了哆嗦。

133

大胆的人问:老丁你到底是人是鬼?老丁说:我是人哩!大伙别怕,我没有死哩,我回来送老婆一程哩。有人说:老丁你往手上扎一下,看有血没有?老丁就拿根铁丝往自己胳膊上划了一道口子,鲜血直流。大伙这才信了,老丁真的没死。

134

原来,当年老丁一家三口,只有他一人是正式职工身份,老婆是家属,也就是"黑户"。女儿出生后随母亲也落不上户口,成了"小黑户"。在凭票定量供应粮食的年代,这意味着老丁一人要养活三张嘴,生活苦得不得了,经常吃了上顿借下顿,全靠吃"救济"过活。

135

老丁听说有人因公牺牲了,老婆孩子就转正落户了,孩子国家还养到 18 岁。在求助无门的情况下,老丁就想找机会当"烈士",那样她们娘俩今后生活就有着落了。正巧发洪水堵坝,他便顺势被洪水冲走了。果然,老丁老婆和女儿如其所愿转正落户了。

136

老丁未料想没死成,他醒来时发现自己躺在一个哈萨克牧民的毡房里,才知道是锡伯渡下游十几公里牧业村的一户牧民在河滩上发现了他,把他救回了家。老丁一看没死成,又不敢回到锡伯渡连队,就装着过去的一切都忘记了,在那户哈萨克人家住下来。

137

后来,那户哈萨克人家的女儿钟情老丁,他就成了那家人的女婿,一直隐姓埋名生活到现在。他又有了一个儿子,老丁就踏踏实实成了"哈萨克牧民"。一天前听说汉族老婆上吊死了,这才赶回来给她送行。他想反正现在也不用吃定量口粮了,回去也不怕了。

138

这一连串的奇事怪事使锡伯渡被炒得沸沸扬扬,越说越玄乎。偏偏几天后,两个到老解滩子上偷挖金子的金客,被一棵突然倒下的大树砸死了。没过两天,又一个在河边淘金的金客一头栽进河里淹死了。锡伯渡的金客吓跑了大半。

139

老丁带着女儿回牧业队去了。我父亲托人捎话,说团里安排我回学校教学,叫我赶紧回去。小美不知从哪里找来了轻骑摩托车,亲自把我送回到四连家中。临别时,小美眼含泪花说:小文,你还是回家好!你不该去淘什么金子,有金子的地方都邪乎着哩……我目送小美,看她消失在滚滚烟尘中。不知怎的,我满眼泪花。

后记

2012年春节期间，儿子为我在新浪微博里建起了"新疆于文胜"的微博，便学会了发微博。有时用手机、有时用平板电脑，忙中偷闲地写点文字发至微博上，与网友分享。

这些文字有的是即景即情的短文，有的是由感而发的随笔，有的是所见所闻的记录，有的是用长微博工具写的散文，还有用微博体写的小说，又因是在微博上发表，故应是"微博作品"吧。

感谢新浪微博为我提供了学习交流的平台。同时也感谢4000多个粉丝对我的鼎立支持。

ISBN 978-7-5469-3389-4

9 787546 933894 >

定价:39.90 元